D0901550

LE PASSÉ COMPOSÉ

Michèle Mailhot

LE PASSÉ COMPOSÉ

Roman

Boréal

Maquette de la couverture : Gianni Caccia
Illustration de la couverture : Normand Cousineau

© Les Éditions du Boréal
Dépôt légal : 4e trimestre 1990
Bibliothèque nationale du Québec

Diffusion au Canada : Diffusion Dimedia

Données de catalogage avant publication (Canada)

Mailhot, Michèle
Le passé composé
ISBN 2-89052-363-2
I. Titre.
PS8526.A44P37 1990   C843' .54   C90-096574-6
PS9526.A44P37 1990
PQ3919. 2. M34P37   1990

Pour Marie-Claire Blais

Cahier bleu

Hier, je suis allée à la papeterie Pilon, au coin de la rue Saint-Hubert et de l'avenue du Mont-Royal, et j'ai acheté ce cahier bleu pour y noter mes rimes ; je n'ose dire, écrire plutôt, mes poèmes, ce serait trop prétentieux. Je ne suis pas M.G. – tiens, pourquoi ces initiales énigmatiques ? Ces notes sont confidentielles et le resteront, alors pourquoi cette précaution ? Sans doute ai-je rencontré trop d'écrivains aux Éditions du Midi : je ne peux, dès que je prends la plume, faire abstraction de leur influence et de leurs manies. Dont celle, étonnante, qui présidait au choix des noms de leurs personnages. Certains fabriquaient soigneusement des patronymes qui, à la fois, brouillaient et éclairaient les pistes. M.B., par exemple, avouait que le nom de Mme d'Argen-

9

ti, dans un de ses livres – je ne sais plus lequel – collait parfaitement au nom de la personne réelle alors que M.A.M. avait décidé, elle, que, dans son roman, tous les prénoms des personnages de la première génération commenceraient par un A, ceux de la deuxième par un B, ceux de la troisième par un C, etc., sauf un seul qui faisait exception et pour des raisons précises. Alors que R.F. disait piger au hasard dans l'annuaire téléphonique. À chacun sa vérité. La mienne sera d'éviter les références trop limpides, étant donné les circonstances...

Pourtant, quand le patron, M. Sanchez, trouvait des noms réels dans les manuscrits que nous publiions, il jubilait : « C'est très bon pour la vente quand de petites indiscrétions se glissent dans un livre. »

Pourquoi donc ai-je mis ces derniers verbes à l'imparfait : trouvait, disait, jubilait ? M. Sanchez trouve, dit, jubile toujours. C'est moi qui suis au passé. À l'imparfait plutôt. C'est pire.

Après avoir écrit la phrase ci-haut, je suis tombée dans une tristesse lamentable. Ma vie au passé, à l'imparfait, m'est apparue d'un coup. J'ai vécu dans l'angoisse jusqu'à ce matin où je me suis réveillée avec cette pensée consolante que les écrivains, justement, sont des êtres angoissés. « Je voudrais me pendre au bout de chaque ligne, me disait M.M., mais la corde n'est jamais assez longue. Je la rallonge avec une autre phrase, une autre ligne, et ainsi de suite. »

Pourquoi ai-je écrit M.M. quand il s'agit de M.D.? Une autre subtilité de la création! Je sens qu'il faudrait tout de suite mettre de l'ordre dans ce flot, ce jaillissement. Je devrais, par exemple, établir une convention selon laquelle tous les auteurs auxquels je me réfère seraient identifiés par les lettres M.M. Le procédé fait-il trop facile ? Ou trop ambigu ? Je dois me simplifier la vie, tout de même !

Me simplifier la vie... qu'est-ce que j'écris là ? Qui donc plus que moi mène une vie simple ? SIMPLE. Comme on dit un simple d'esprit.

J'ai tort de m'abaisser ainsi. L'écriture n'est pas un lieu d'humiliation, que je sache; bien au contraire. J'ai été rédactrice littéraire pendant vingt ans : assez pour savoir que l'ego de l'artiste n'est pas un mythe.

J'ignore absolument pourquoi le souvenir suivant me revient. Un jour, à la petite école, nous avions eu à faire une rédaction sur le sujet classique : « racontez votre dernier Noël ». J'avais écrit que j'étais partie en traîneau avec mon oncle Conrad pour assister à la messe de minuit au village. J'avais parlé de la lune, de la sleigh qui s'était renversée et de nous qui « étions couverts de neige et de rires ». Dans la marge, la bonne sœur avait noté : « Méfiez-vous de votre imagination. » Je m'en suis méfiée et je n'ai plus jamais transformé un ennuyeux réveillon de famille en promenade sous la lune. Maintenant, je me méfie *et* de l'imagination *et* de la réalité. Je me pose même la question : est-ce que j'existe vraiment ?

Alors que l'oncle Conrad était bel et bien une réalité, lui...

Je devrais dater ces notes. En me relisant, plus tard, je serais certaine d'avoir existé durant ces jours-là, au moins. Ainsi : « Hier, le 2 janvier, je suis allée visiter ma mère à l'hôpital Notre-Dame; il faisait un froid de loup et j'ai presque envié la place de maman bien au chaud dans un lit et sans mémoire en plus... » La question que je me pose : noter des faits, des choses, signifie-t-il qu'on existe ?

10 janvier

Lorsque je me pose des questions comme celle-là, je reste coincée dans mes propres pièges. Il semblerait que, quand je pense trop, je ne

12

puisse plus écrire. Oh ! si tous les M.M. des Éditions du Midi m'entendaient !

Ma petite insolence m'est restée en travers de la gorge. Comment puis-je me moquer des écrivains que j'admire tant ?

En passant tout à l'heure devant le poste 34 de la rue Rachel, j'ai tout avoué : j'aime les écrivains, mais j'aime encore mieux la littérature. J'ai aussi reconnu que l'ironie représentait une forme d'impuissance.

C'est bête, je bute sur toutes les phrases que j'écris comme si de *voir* les mots me permettait de les mieux jauger. Ainsi, je me demande si l'ironie est vraiment un signe d'impuissance. En fait, j'ai toujours eu un certain sens de l'humour, que j'ai rarement exprimé. La religieuse qui m'a castré l'imagination réprouvait aussi toutes mes drôleries : « Vous vous pensez fine ? Vous n'êtes qu'une tête forte ! Mauvais esprit ! » Cette vieille folle m'aurait-elle empêchée de m'épanouir ?

M'épanouir ! ! ! Que ce mot m'ait échappé, est-ce possible ? Je l'ai biffé des centaines de fois dans les manuscrits exaltés de nos tranquilles révolutionnaires. Plus souvent encore chez les féministes. M. Sanchez entrait en rage chaque fois qu'il rencontrait le terme. « À rayer de la langue française ! » hurlait-il. Et voilà que je glisse le mot honni.

12 janvier

J'ai acheté un autre cahier, celui-là vert, dans lequel j'ai transcrit mon premier poème. Ce cahier bleu sera donc celui de mon journal, où je tenterai d'être absolument sincère. J'ai en effet menti en écrivant que j'avais tout avoué au poste de police de la rue Rachel. J'avais ajouté ce détail pour faire couleur locale, très Plateau Mont-Royal, « lequel marche fort ces temps-ci », disait Sanchez. De plus, il n'entre pas dans mon caractère de fréquenter les flics. Dans mon caractère ou dans mon éducation ? En tout cas, je me sens beaucoup trop intellectuelle de gauche pour les aimer.

Cahier vert

Il fut une fois un flic
qui patrouillait le parc
Lafontaine.
« En l'honneur de qui, ce nom ? »
demanda un homme.
« Êtes-vous aveugle ?
La fontaine est juste là »,
répondit le flic.
Et flaque.

Cahier bleu

20 janvier

Je m'amuse beaucoup à faire des rimes. Cela m'allège : comme un jeu ?

Ici, dans mon journal, je me sens obligée d'être exacte et, quand je le suis, je ne me crois pas intéressante. D'ailleurs, lorsque j'ai quitté le bureau, M. Sanchez lui-même m'a suggéré d'écrire de la poésie en me conseillant d'éviter par-dessus tout le journal intime, qu'il détestait. « De la sous-littérature ! hurlait-il. Mais pour qui se prennent-ils donc, ces écrivailleurs, pour s'imaginer que chacun de leurs rots bouleverse notre digestion ? » Je n'écris pas les mots exacts qu'il a employés, encore plus vulgaires, mais qui, hélas, m'ont fait rire. Une réaction que je déplore maintenant, surtout que je n'étais pas d'accord avec lui. Mais je n'aurais jamais osé contredire le patron quand il s'agissait de défendre mes propres goûts. De plus, je ne sais pas argumenter. Les autres vont toujours trop vite pour moi. On dirait qu'ils ont pensé d'avance à ce qu'ils allaient dire plus tard, alors que moi, je pense plus tard à ce que j'aurais dû dire avant. Cela est-il confus ? Peut-être est-ce mon goût pour la poésie qui me fait frapper ces phrases un peu hermétiques ?

21 janvier

Je viens de vivre une extraordinaire expérience littéraire. Je commençais un poème : « Je ne sais pas qui je suis » lorsque Peter est entré dans la maison (comme il le fait souvent). S'emparant de ma feuille, il a traduit sur-le-champ : « *I dont't know whom I'm following...* » N'est-ce pas stupéfiant qu'une personne qui me connaît si peu me saisisse mieux que je ne me vois ? Il me traduisait, littéralement. Bien sûr, je voulais dire : « *I dont't know who I am* », je ne me demandais surtout pas *qui* je suivais !

Il faudra que je reprenne ce poème pour en extraire tout le sens profond qu'il contient et que j'ignorais. Est-ce cela, le mystère de la création ? *Very exciting.*

Si j'écrivais un roman, comment arriverais-je à rendre cette scène ? Peter qui entre, sa familiarité, cette révélation... Devrais-je préciser qu'il est mon voisin, le décrire, expliquer comment la maison est aménagée (c'est en fait un condominium, mais je n'aime pas du tout ce mot), à quel moment placer son entrée ? Devrais-je parler de mon émotion ? Faut-il tout dire, et dans l'ordre ?

Je préfère retourner à mes poèmes condensés.

Cahier vert

Il a surgi
comme un félin
sur mes traces.
Et le malin
m'a dit : « Tu me suis,
limace ? »

Voilà : c'est ramassé, c'est net. Il se pourrait que les lecteurs (en supposant que j'en aie un jour), faute de posséder les données concrètes de ce poème, n'en saisissent pas tout le sens. Tant pis, il ne faut pas tout expliquer. Eux aussi ont droit à leur part de rêve, de création.

Il reste que je n'aime pas me traiter de limace. Le poème exigeait cette antithèse dans le mouvement : vif là, lent ici, mais ce procédé littéraire ternit ma propre image. Limace, moi ? Je suis peut-être lente, mais pas visqueuse.

Danger : À chaque ligne
J'accroche un vers
Mais c'est moâ
Qui sers d'appât.
Me voilà bien attrapée.

En marchant cet après-midi, avenue du Mont-

Royal, je me suis prise à scander des vers. Un rythme qui donnait à ma démarche quelque chose d'assuré et de calme. Je comprenais un peu ce que voulait dire : « être portée par son œuvre ». Tout était léger. Je flottais. Hélas, en entrant, lorsque j'ai voulu décrire cette euphorie, je n'ai plus rien senti du tout. Blocage ? Alors, c'est terrible. Je ne peux toutefois parler de tristesse : je souffrais, mais dans une sorte d'attente fébrile, comme avant un orgasme.

Cahier bleu

22 janvier

Il y a un mois, je quittais mon emploi – ou mon emploi me quittait. Je n'ai pas eu le temps d'y penser, à cause des Fêtes un peu, et de mes cahiers beaucoup. Je vais plutôt bien. Moins vingt degrés à l'extérieur. De ma fenêtre, j'ai regardé les gens attendre l'autobus dans le froid et le vent, puis je me suis servi un autre café et, comme Balzac, je suis restée en robe de chambre. Me voici à ma table de travail. Ça me plaît. Je crains de n'avoir rien à dire, mais ça me plaît quand même. La cigarette – j'ai recommencé à fumer, trop de tension sans doute – mais je ne le regrette pas : le parfum du tabac mêlé à celui du café, mon vieux stylo, la feuille blanche, tout cela crée une ambiance exquise.

J'ai écrit « table de travail » plutôt que « bureau », qui fait moins littéraire, à mon sens. Une table de travail reste pour moi le délicat symbole d'une passion lente et laborieuse. Écrire : « Je me suis assise devant mon ordinateur » me paraît tout à fait incompatible avec la richesse d'une pensée qui germe, pousse, éclate dans le secret des profondeurs et du silence.

Ma table de travail est donc une image poétique qui sublime le réel, une sorte de catharsis qui fait de mon pupitre de noyer, de ses tiroirs, deux à droite et un à gauche, un lieu « idéal » dans le sens propre du terme. C'est M. Sanchez qui m'avait vendu ce meuble pour cinquante dollars quand il avait fait rénover le bureau en 1970. Rénover ? Effacer, plutôt, ce qui était lourd de souvenirs, riche de temps, paisible de durée, rassurant de continuité : les armoires bourrées de manuscrits, les lourdes portes, les vieilles chaises où au moins un écrivain célèbre s'était assis, tout cela qui ressemblait à une mémoire est disparu d'un coup. Des couleurs orangées et jaunes, des cloisons mobiles en guise de murs, du nickelé, du plastique, trois plantes vertes...

Jamais je ne me suis habituée à ce rajeunissement, mais je n'en ai rien dit évidemment. À quoi cela aurait-il servi ? Une nouvelle guerre des anciens et des modernes ? Allons ! des anciens, on ne se souvient pas. On ne veut même pas savoir qu'ils ont déjà existé. En fait, ils sont disparus. Je sais de quoi je parle.

Mon café est maintenant froid. Dehors, plus de queue à l'arrêt d'autobus. Je vais prendre un bain et m'habiller, car même si la robe de chambre fait autant littéraire que la table de travail, je n'arrive pas à m'y sentir à l'aise. Pour moi, robe de chambre correspond à congé, nonchalance, fainéantise. Ne dit-on pas aussi un négligé ? Dame Littérature doit me trouver plus rafraîchie, plus habillée.

J'ai écrit cette phrase : « *Les* anciens sont disparus » ... Je m'étonne d'avoir employé le pluriel quand je n'ai qu'*un* singulier en tête.

Je reste hantée par cette vision des gens qui attendent l'autobus, mais je n'arrive pas à bien la circonscrire. Courage : *nulla die sine linea.*

Braves gens qui travaillez
Et dans le froid patientez...

Non, je n'ai pas le rythme : manque de distanciation sans doute. « Laissez déposer » : une règle que je connais bien pourtant, mais que j'oublie ; et puis, qu'est-ce que ce « Braves gens qui travaillez » ? Est-ce que je ne travaille pas, moi aussi, en ce moment ? Depuis une heure que je suis là, mais rien n'y paraît. Ce labeur est trop intérieur, de ce fait, peu quantifiable. Proprement inestimable. Alors qu'au bureau, quand je corrigeais cinq pages, on les voyait et on me payait en conséquence. On n'a pas tellement à réfléchir dans un bureau : on agit.

10 février

Un vide. Dès que je commence à trop réfléchir, je tombe dans un trou. De celui-ci, où je me suis enfoncée pendant trois semaines, il ne reste aucune trace, sauf des remords et de l'inquiétude. J'ai longuement réfléchi sur le genre d'écriture que je devrais pratiquer. Mes rimettes m'amusent, mais je souhaiterais faire de la vraie poésie. Hélas, le romantisme ne me convient pas du tout. Comme tous les jeunes de mon temps, j'ai un jour adoré :

Les sanglots longs
Des violons
De l'automne
Bercent mon cœur
D'une langueur
Monotone.

21

mais je n'ai plus de sanglots longs, ni de violons. D'automne, oui, et plus que jamais, mais le cœur et la langueur, finis. J'aime pourtant la forme de ce poème et si on devait un jour retracer mes influences, on repérerait celle-là, dominante. Je me rappelle ce poème écrit jadis :

Ciel gris
Fine pluie
C'est l'automne
Pesant et morne
qui passe
et lasse.

Je pourrais le transcrire dans mon cahier vert, mais je ne peux pas jurer que je le sens encore profondément. Peut-être parce qu'il fait aujourd'hui très froid. Comme exercice de décantation, ce serait excellent de travailler à un poème d'été. Parler du vert, des fleurs, des oiseaux. Abolir l'abominable cliché du blanc linceul.

Cahier vert

Je prends des vacances d'hiver
Sur ma congère
Et d'été sur mon balcon.
Le printemps, même station :

J'ai troqué les saisons
Contre une pension.
Pourquoi l'été
À Old Orchard,
Au lac Placid ?
One place or another
It's the same, kid,
Parce que,
Dit Sénèque,
Où qu'on aille
On s'emporte avec soi.
Aussi resterai-je chez moi
À filer coton ou soie.

Cahier bleu

13 février

Téléphone de la femme de ménage qui me demande quand elle reprendra sa « pratique ». Je lui dis de venir demain, pour la dernière fois. J'ai tout mon temps pour m'occuper de ces choses, et puis je déteste être dérangée quand je suis dans ma maison. Il faudra que je cache mes cahiers : je n'ai jamais rien eu de si personnel chez moi.

Ce qui me rappelle ce jour, au bureau, quand M.M. avait oublié son carnet de notes. Venue déposer un manuscrit, son onzième, elle était nerveuse comme s'il s'était agi d'une première publication. À quel moment se sent-on écrivain ? lui avais-je un jour demandé. « Je ne sais pas, avait-elle répondu, je n'ai encore publié que dix romans » M.M. était si nerveuse qu'en sortant le manuscrit de son sac, celui-ci s'était renversé par terre avec tout son contenu : des stylos, des cigarettes, des kleenex, des pastilles pour la gorge, un flacon de pilules. Gênée, elle avait tout remballé, les pilules en premier, à une telle vitesse qu'elle était repartie en oubliant son carnet sur le coin de mon bureau.

J'ai toujours été très consciencieuse dans mon travail, dans mes rapports avec les écrivains, et je pense qu'ils connaissaient ma discrétion. Mais, cette fois, la tentation était trop grande. Une simple secrétaire n'aurait, bien entendu, pris aucun intérêt à ce carnet, mais moi, non à cause d'une curiosité malsaine mais par pur goût des choses littéraires, je l'ai ouvert. J'ai tout de suite constaté qu'il ne contenait rien d'intime – dans lequel cas je l'aurais vite refermé – mais des notes de travail, comme je le pensais : « Hier, au bar, un couple étrange. Elle, environ cinquante-cinq ans ; lui, pas plus de vingt ans. Se comportaient comme des amants. Lui surtout. Elle, plutôt gênée. Les voisins encore plus. *Sugar mammy*. À utiliser.

« Chez X, cet après-midi, de deux à cinq. *Très* agréable. Son chat dormait dans un fauteuil, complètement renversé sur le dos, le ventre en l'air, les pattes molles, abandonné. Confiance totale. Inspirant !

« Vu, en plein jour, dans un sombre sous-sol de la rue Amherst, deux vieux qui regardaient la télévision. Sur celle-ci, un bocal où vivotaient deux poissons rouges. Image parfaite de l'enfermement, de la solitude, de l'ennui, de la vieillesse. »

J'avais presque oublié cet incident. L'aurais-je refoulé ? Je me souviens d'avoir aussitôt renvoyé le calepin à son auteur, par courrier express. Mais – oh ! qu'il est difficile d'avouer ces choses, même à soi-même – je n'ai jamais, par la suite, revu M.M. sans penser à ce qu'elle avait pu faire ce jour-là entre deux et cinq heures...

Au cinéma, l'autre jour, avec Peter, ne me suis-je pas souvenu de cette note sur le couple mal assorti ? Mon indiscrétion avait trouvé sa punition. Il n'empêche que la noblesse de mes motifs ne doit pas être écartée comme circonstance atténuante car cette information, même mal acquise, peut m'inciter à mieux observer les gens autour de moi, à prendre aussi des notes. Mais attention à ne jamais oublier mon cahier !

Je vais donc l'emporter demain à la bibliothèque où j'irai travailler. Jamais encore je n'ai mis les pieds dans une Maison de la culture. Dans mon temps, on aurait évité de donner un tel nom à la bibliothèque, à cause de sa petite connotation marxiste. On disait jadis communiste, maintenant on préfère socialiste, demain on dira capitalisme de l'Est. Le plus drôle, ou le plus triste, c'est qu'avant d'être une maison de la culture, c'était une école ! Je préfère que l'on transforme les écoles en résidences pour personnes âgées : cela témoigne d'une certaine continuité dans la dégradation du patrimoine... Le patrimoine ! Un autre mot banni par Sanchez.

Cahier vert

Inauguration culturelle

Le ministre suppléant
a déclaré ouverte
la maison de la culture
lurelure
en coupant un ruban
d'acrylique.
Voici l'enfant
libéré de sa maman.
Si c'était un oiseau,
qu'on lançait,

lui aurait-on coupé les ailes
au ras du dos ?
« Bonnes gens, avancez !
disait le ministre suppléant,
vous voici devenus grands,
vous n'êtes plus à quatre pattes ! »
Et comme un raz-de-marée
Ont foncé les culs-de-jatte.

Cahier bleu

14 février, la Saint-Valentin

Maison de la culture, *intra muros, 14 heures*

Le poème que j'ai écrit hier n'est rien, mais rien à côté de ce que je pourrais faire, maintenant que je *vois*. En ce moment, je me sens terriblement vieille, fatiguée, usée, dépassée, nostalgique, triste, étrangère. La révolution tranquille ! Je n'ai jamais mieux senti qu'ici (peut-être parce que je suis surtout sensible au sacré) le silencieux délitement de son ouvrage. Maison de la culture ! Je viens d'en faire le tour, car on peut circuler ici aussi librement que dans la rue. On fait du shopping, on « magazine », on fait soi-même son sandwich culturel par tranches choisies sur le comptoir : une tranche de *Santé par le yoga*, une autre de *Découverte du tofu*, une dernière de *Comment rester mince*. Tout près, un stand ouvert de best-sellers pour les gros appétits. Plusieurs denrées fines importées de France. Plus loin, des compartiments de dégustation privée où chaque gourmet est attablé devant un plat illustré. Le libre-service atteint son maximum d'efficacité dans l'aire ouverte des journaux-magazines où le pain quotidien se mange sur place. C'est un coin moins bruyant que l'autre espace qui lui fait face et où une dizaine de personnes sont effondrées dans des fauteuils, les yeux fermés ! J'aurais cru qu'ils lisaient en braille si je n'avais tout à coup aperçu l'arc d'écouteurs qui leur enveloppaient les oreilles... Peut-être écoutent-ils des livres parlés ? Mais la façon dont ils battent des pieds me laisse perplexe, et j'évite de lire le titre des cassettes empilées sur les tables. Plus loin, le coin des enfants où se trouve peut-être un carré de sable, celui du *Petit Prince* ? J'aurais souhaité m'asseoir à une table, mais n'ayant pu me résoudre à ouvrir mon carnet sous la lumière crue des néons et des regards, je me suis dirigée vers un cagibi zoné « langues étrangères ». Je n'ose presser le bouton car je crains d'entendre du français...

Ici, dans cet édicule, je me sens à l'abri de la

culture, mais pas tout à fait car l'aire ouverte sévit toujours, de sorte qu'en levant un peu la tête je suis encore forcée de « participer » à la fête populaire. Mais je m'en garde et je renonce à prendre des notes. Que la vie m'échappe si je dois la saisir dans cette volière.

J'espère que Simone a fini de frotter mes bons vieux meubles. Que je puisse réintégrer mon aire fermée. Mon air.

Huit heures : Peter a glissé un Valentin sous ma porte. La carte n'est pas signée, mais il n'y a que lui pour se livrer à ces enfantillages. Qui d'autres, maintenant, le pourrait ?

15 février

En relisant ce que j'ai écrit hier, je me suis étonnée de ma sortie contre les temps modernes. Si Sanchez lisait ces lignes, il ne pourrait croire qu'elles sont de moi qui ai toujours si soigneusement évité, devant lui et les autres, de critiquer les innovations malgré le désir que j'en avais. Bien au contraire, je paraissais toujours heureuse de collaborer à leurs efforts pour rendre la maison *up to date*, même quand ils ont décidé de mettre la couverture des livres en couleurs, reléguant aux oubliettes notre belle jaquette maison, gris souris et rouge, d'une telle distinction ! En ce temps-là, quand un auteur sortait un premier livre, c'était une telle fête ! Un débutant faisait son entrée dans la grande société littéraire. Hélas, le patron a préféré suivre la mode dans ses plus vulgaires aberrations, celle du fortrel de chez Woolco. Des dessins, d'une insignifiance consternante, des couleurs criardes. Une véritable dégradation. Je n'ai jamais protesté pour ne pas paraître vieux jeu, trop certaine aussi de l'inutilité de mes remarques si je les avais exprimées.

Il reste que ma fierté d'appartenir à la maison devenait de moins en moins vive. Pourquoi celle-ci plutôt qu'une autre, maintenant qu'elles se rejoignaient toutes dans le mauvais goût ? Sauf peut-être les Éditions du Pont qui ont toujours su rester sobres. Aussi, chaque fois qu'un de leurs livres paraissait, je le montrais candidement à Sanchez en disant : « C'est joli, non ? » « Joli ? rétorquait-il. Demandez-moi plutôt si c'est vendable ! »

Pas étonnant que je sois partie quand les ordinateurs sont entrés. Cela s'appelle une sortie bien programmée.

Cahier vert

Best-seller

Je suis un livre, un bon,
Vous me reconnaissez, non ?
D'accord, j'ai changé :
J'ai l'air d'un *comic*
Ou d'un *murder, how sad!*
C'est une (h)arlequinade
Pour le fric.
En fait, je suis la Bible
Mais revampée,
Je vise un marché
Cible.
Voyez le dos :
« Histoires de meurtres, de sang,
De milliers de Juifs errants.
De la cruauté, de la barbarie,
Ça donne froid dans le dos,
Vous serez ravis. »
Des millions d'exemplaires vendus
Plus un *remake* pour la télévision.
Ne manquez pas les exploits de Jésus
En roman-feuilleton.

Cahier bleu

17 février

À l'hôpital, hier. Maman, atteinte de la maladie d'Alzheimer, me parle encore de mon mari et de mes enfants. Je ne proteste plus de mon célibat et la laisse errer dans ses songes où elle continue d'arranger ma vie à sa manière. Habituellement, je sors de ces visites bouleversée, mais aujourd'hui, en m'asseyant à ma table, c'est le chagrin et la colère qui m'ont submergée. J'ai osé écrire : maman, c'est sur tes conseils, tes supplications, tes ordres que j'ai avorté. Tant mieux si toi, tu as oublié. Une fille-mère ! criais-tu. Quelle honte ç'allait être pour notre si belle famille ! Jamais elle n'a su que c'était là l'œuvre de son frère Conrad. « Un parfait gentilhomme, celui-là, disait-elle toujours, beau, élégant, instruit, il ira loin. » Il était déjà allé pas mal loin à mon avis...

Ma mère avait sans doute raison et je ne regrette pas l'enfant. Mais quelle société dégoûtante et hypocrite ! J'ai vécu l'époque des filles-mères cachées, emprisonnées à la Miséricorde, les crèches (ces marchés de bébés), les pères inconnus... Cette même société qui verse aujourd'hui une prime au troisième enfant de la famille, mais qui, dans le même temps, diminue les subventions aux garderies, et lésine sur les prêts aux étudiants. Une société, j'ose l'écrire (que je deviens brave devant ma feuille !) qui pense se racheter en maintenant en vie les vieillards à coups de millions.

Oui, c'est sûrement cet étage de vieux, à l'hôpital, qui m'a mise dans cet état. Je les voyais – les portes des chambres sont le plus souvent ouvertes – couchés, attachés, défaits, maigres, disloqués, toussant, vagissant, râlant, morts en sursis attachés à des ballons d'oxygène ou de sérum. Horrible spectacle. Mais qu'on les laisse donc mourir tranquilles ! Je ne souhaite pas qu'on les assassine – c'est le terme employé par les médecins et les prêtres pour stigmatiser l'euthanasie – mais qu'on cesse de faire croire aux vieux qu'on s'occupe d'eux quand on les empêche seulement de mourir en paix.

Demain, je rédige mon testament pour interdire qu'on me garde en vie avec les pompes, siphons, fils, tubes, ballons, seringues, appareils de toutes sortes, y compris ceux qui, à cette heure, ne sont pas encore inventés, car j'imagine bien que ce travail de « bonté » sur les vieux, c'est à des fins de recherches scientifiques qu'on l'accomplit.

Le docteur à une infirmière : « Voulez-vous

gager cent dollars que je peux retenir un vieux trente-deux jours de plus avec ce piston-là ? »

L'infirmière : « Oh ! docteur ! Je connais vos prouesses, mais je gage quand même dix dollars pour vous faire plaisir. »

« D'accord. Allez et trouvez-moi une vieille un peu convenable. »

Je ne veux pas que cette vieille soit moi.

18 février

Je me suis réveillée à quatre heures du matin après une très mauvaise nuit, avec un poème obsédant dans la tête :

Là, une nonne
Se lève
Et prie.
Ici, une conne
Se lève,
Écrit.

Je me suis demandé si on forçait les carmélites ou les clarisses à prolonger artificiellement leur vie. Si on le fait, ce ne peut être que par pénitence, pour retarder la rencontre avec le Bien-Aimé. Moi qui suis mécréante et qui pourrais par conséquent souhaiter qu'on prolonge la seule vie que j'ai, je demande au contraire qu'on me laisse partir tranquille. Si Dieu existe, Il connaît son ouvrage et son heure est juste. Amen.

Pourquoi ai-je pensé aux religieuses et pas aux religieux ? Parce que je n'en ai pas le courage. Pas encore.

Je continue plutôt ma réflexion sur la maladie : est-ce un détour encore ? Quoi qu'il en soit, je pensais à ma sœur Yolande qui cherche toujours à se rajeunir. « Je suis dans la cinquantaine », dit-elle. Ne serait-il pas plus juste, à cinquante-sept ans, de dire : « J'approche de la soixantaine » ? La réalité biologique est un inexorable vieillissement, une descente, une dégradation. On se rapproche de la pourriture, en somme. J'emploie exprès ces termes qui la font frémir. Son désir de paraître jeune m'agace. Ne pourrait-on tirer quelque consolation d'avoir traversé de telles mers sans périr ? D'être encore là, à la barre, à guetter des îles de plus en plus rares, de plus en plus improbables, sans trop d'espoir d'y mettre jamais les pieds, et cela par pure... par pure quoi ?

« Par pure dignité » terminerait joliment cette phrase. Cela fait noble, sonore, stoïque... très moral aussi. Très faux finalement. Voilà le danger des mots : qu'ils nous emportent au-delà de notre

35

pensée juste pour le plaisir d'une belle phrase. je reprends :

D'être encore là, à la barre, etc., sans espoir d'y mettre jamais les pieds, et cela par pure habitude de vivre. Ou n'est-ce pas plutôt une question d'orgueil ? ou d'instinct ? Qu'est-ce qui fait qu'on reste encore sur le bateau ? Que j'y reste, moi ?

Ces réflexions sur la vieillesse, la maladie et la mort me lassent. Tiens, je viens de nommer les trois îles qui restent à l'horizon. Jolie perspective. Ce n'est pas mon jour.

19 février

N'ai pas vu Peter depuis plusieurs jours. Est-il malade ? La sœur de la Charité en moi s'inquiète... Ou la sœur adoratrice de Jésus.

Peter, vingt-huit ans, cheveux bouclés, noirs, yeux d'un vert transparent. Je devrais essayer de le décrire, mais pas ici, dans ce journal, ni dans un poème où mon ironie ne conviendrait pas. Reste le roman où, sous le couvert de la fiction, on peut dire toutes sortes de choses. Et ce n'est pas de Peter que je parlerais le plus, mais de... non, je ne le désignerai pas par les lettres M.M., celui-là, il lui faut sa catégorie à part, très spéciale, unique. Gaston, tiens, c'est assez bon pour lui. Je n'ose me lancer dans une entreprise aussi longue, aussi ardue qu'un roman. J'y réfléchis pourtant parce que mes poèmes me satisfont de moins en moins.

2 mars

Le doute s'est emparé de moi. Si c'est celui de la création, je vais l'assumer, mais comment distinguer le vrai du faux ? Comment savoir si mon doute est un signe de talent ou une preuve d'impuissance ?

Quelque part au cours de leur travail, les écrivains subissent tous, paraît-il, une chute de confiance, imprévisible et extrêmement douloureuse. Au point d'en mourir, parfois. Je me demande froidement : et toi, Judith, te jetterais-tu en bas du pont Jacques-Cartier si tu ne pouvais plus écrire ?

Je vais d'abord me précipiter dans mon cahier vert pour conjurer la question. C'est en forgeant qu'on devient forgeron. Pendant qu'on forge, on ne meurt pas.

Cahier vert

Le doute

J'entends la voix :
« Écris ou meurs ! »
Est-elle pour moi
Ou est-ce un leurre ?
Suis-je appelée
Oubedon non ?
Voici le pont
Jacques-Cartier :
« Saute ou écris ! »
Quelqu'un m'ordonne.
Suis-je un génie
Ou une poltronne ?
Mais si je plonge
Je ne saurai jamais
La vraie nature de mes songes:
Étaient-ils géniaux ou niais ?

Cahier bleu

15 mars

Ô force de la poésie ! Mon poème sur ma
très hypothétique noyade a brusquement fait re-

monter Gaston à la surface. Il a surgi des eaux troubles et le voici qui menace de souiller aussi ce cahier.

Je triche. Je triche encore. Depuis que j'ai commencé ce journal, Gaston est toujours là et je ne fais que le repousser. J'ai même prêté à Sanchez des paroles prononcées par l'Autre (majuscule d'ironie).

16 mars

Longue promenade au parc Lafontaine. La neige fondait, le soleil caressait mon visage, les bourgeons apparaissaient. Comme à l'accoutumée, la vieille clocharde était assise sur son banc et faisait une sorte de lente gymnastique orientale en balançant ses bras maladroits.

Devrais-je transcrire ici les notes mentales que j'ai prises ? Oui, pour ne rien oublier. On ne sait jamais si elles ne pourront pas servir un jour : son chariot, qu'elle traîne partout avec elle, rempli de sacs verts noués avec des rubans multicolores, son incroyable accoutrement – des bottes différentes, un manteau retenu par une grosse corde, la tuque écarlate enfoncée sur le nez. Elle est courte, grassouillette, un visage poupin. Ne semble en aucune façon souffrir de malnutrition.

D'où vient-elle ? Où va-t-elle ? Pourquoi est-elle là apparemment réjouie et tout à fait indifférente à l'entourage ?

Je reviens au parc. Je disais combien il faisait beau, mais maintenant, à cause de la vieille, je n'ai plus envie d'en parler. Si j'écrivais un roman, garderais-je cette vieille qui vient un peu briser l'enchantement ? Ou ne serait-il pas préférable de l'oublier carrément pour ne décrire que le parc, ses allées humides, ses arbres solides, les écureuils insolents ? Me remontent à la mémoire ces lignes de M.M. :

Un ciel bleu
Presque douloureux
À force d'être bleu.

C'est très exactement ce que j'ai ressenti, mais cette description a quelque chose de nostalgique qui ne s'accorde pas avec l'allégresse que je voulais transmettre. D'ailleurs, pourquoi essaierais-je de décrire un parc que tout le monde voit aussi bien que moi ?

17 mars

Je viens de relire deux phrases que j'ai écrites hier. La première : « Cette description a quelque chose de nostalgique qui ne s'accorde pas... etc. » C'est exactement le type de phrase que j'ai lue des centaines de fois dans les rapports de lecture aux auteurs. Une partie de mon travail consistait à adoucir ces comptes rendus pour ne pas blesser les auteurs d'une part, et, d'autre part, pour ne pas écraser brutalement un écrivain qui pourrait bien plus tard manifester du génie, mais à une autre adresse...

Mais c'est surtout cette autre phrase mienne qui me fait réfléchir : « Pourquoi essaierais-je de décrire un parc que tout le monde voit aussi bien que moi ? »

Un jour, j'avais essayé de dire à Gaston – non, vraiment, je ne peux pas employer ce prénom ridicule qui fustige peut-être le lâche d'aujourd'hui, mais qui détruit le plaisir que j'ai eu si longtemps, vingt ans, à seulement prononcer son nom : Charles... Charles... ça me montait des entrailles et m'emplissait la bouche... Suffit !

Donc, un jour, à ses côtés, je m'émerveillais de la saisissante beauté d'un rayon de soleil très rouge qui frappait en diagonale l'immeuble d'en face et le transformait en une fabuleuse boîte enrubannée. J'insistais : « Regardez, Charles, une vraie transfiguration ! Du surréalisme et de l'hyperréalisme à la fois. » Je n'en finissais pas de m'extasier... et de l'ennuyer jusqu'à ce qu'il coupe, irrité : « Mais enfin, tout le monde voit cela aussi bien que vous. »

Eh bien, non ! Aujourd'hui, je déclare solennellement qu'il avait tort et que personne, mais personne n'a vu *comme moi* les arbres du parc. Que ma vision est unique. Singulière, comme il disait lui-même dans ses cours en parlant de l'inaliénable liberté de l'être humain. Et il le faisait avec tant de feu que c'est tout juste si les étudiants n'applaudissaient pas pendant ses cours que je suivais en auditrice libre, mais déjà beaucoup moins libre puisque j'étais amoureuse.

La noble robe de l'Ordre lui donnait si grande allure! Mince (à l'époque), très long, la figure émaciée, les pommettes saillantes, le nez d'aigle, une couronne de cheveux déjà grisonnants...

Stop. J'ai écrit ces lignes sans autre émotion que littéraire. Ce n'est pas facile de décrire un homme d'une telle prestance et d'une telle autorité sans tomber dans les clichés. Un vrai moine, comme sur les icônes. D'ailleurs, les photographes étaient de cet avis puisqu'il ne se passait pas un mois sans que la photo de ce grand père apparaisse dans le journal : « Le père Charles reprend ses conférences sur la beauté divine. » « Le père Charles, prédicateur invité du carême à l'église Notre-Dame. » « Le père Charles prend position dans le débat sur l'école laïque. » Une autorité. Une vedette. Je dois avoir encore quelques-unes de ces coupures de journaux que j'ai si longtemps et si pieusement recueillies. Comme je l'aurais fait pour des lettres d'amour.

18 mars

Je n'ai jamais si longtemps et si aisément écrit qu'hier. Cette facilité, dont je sais qu'il faut se méfier, m'a néanmoins permis d'approcher un autre mécanisme de la création. Je m'explique. Je repensais à ces quelques paroles que j'avais prêtées à Sanchez et qui, en réalité, étaient de Charles. J'ai fait ce transfert naturellement, sans décision expresse. N'est-ce pas un phénomène de création pur et simple que de lier ainsi différents personnages dans un même discours ?

« Pour créer un personnage, disait M.M., il me faut au moins cinq personnes. » Les écrivains mêlent ainsi les êtres, les lieux, les circonstances, ils brouillent les pistes et les rendent méconnaissables, mais plausibles tout de même. Ainsi, il reste possible que Sanchez ait prononcé les mêmes mots que Charles puisque les deux sont de la même génération, du même milieu, du même sexe. Du même bord, quoi. Voilà une expression bien vulgaire que je me permets d'employer ici, dans la plus stricte intimité. La plus stricte intimité... En écrivant ces mots, des images, des paroles, des gestes me reviennent, si intimes et tellement différents des images publiques, officielles !

Mes réflexions sur l'afflux d'images et la facilité que j'ai à inventer m'ont amenée directement à la papeterie Pilon où j'ai acheté un autre cahier, celui-là rouge, pour prendre des notes, écrire des choses moins personnelles que dans ce journal et qui pourraient toucher d'autres personnes. Arriverais-je à cet élargissement indispensable à toute œuvre d'art ?

« Surtout, pas de confession ! disait Sanchez durant sa période littéraire. Notre maison ne publie pas de *Comment j'ai vaincu ma peur des ascenseurs*, ni de *Mes dix années chez les Bérets blancs*. Non et non ! » J'aimais bien cette indignation pleine de fierté. C'est à cette époque que nous avions inauguré la collection « Penseurs de notre temps » dirigée par le révérend père Charles X, qui avait d'ailleurs écrit le premier titre de la série: *Dignité et Pensée morale*. Depuis, la collection a cessé de paraître. Les toutes dernières productions de notre fameuse maison viennent de sortir dans les kiosques à journaux : *Le Cholestérol et le Cancer* et *Les Dangers du jogging.* Il me semble que mes confessions – mon histoire, je veux dire – vaudraient mieux. Mais chacun croit que son histoire est plus intéressante que celle des autres. La vraie originalité serait de la *rendre* plus intéressante. Inventer, broder, à partir de presque rien... ma vie, peu de chose en vérité mais que je pourrais reprendre, revivre avec plus de conscience. Et le développement de la conscience n'est-il pas le premier devoir de l'être humain ? Mieux vaut tard que jamais, en supposant qu'il ne soit pas *trop* tard déjà.

Je pourrais partir de cette idée que la dignité humaine est un concept fort abstrait qui subit des variations (et des ravages) considérables dans son application quotidienne. Je pourrais ainsi suivre les fluctuations de la dignité dans diverses situations : en public, au travail, dans l'intimité, etc. Titre : *Les vingt-quatre heures de D.H.* (pour Dignité Humaine bien entendu). On La verrait qui enseigne, prêche, mange, baise, économise, etc.

Onze heures

Je n'arrive pas à dormir. Mon projet de livre paraît devant mes yeux et court à une vitesse folle. Des scènes d'un haut comique, dont une, surtout, que je viens noter et qui me semble un bon début : D.H. franchit les douanes américaines ; disparition de son collet romain ; changement de wagon ; la rencontre-surprise (!) avec, disons, Pauline, l'invitation à dîner, puis l'hôtel à New York... Cette rencontre apparemment fortuite quand tout avait été si minutieusement préparé !

Devrais-je raconter la chose telle que je l'ai vécue (émouvante) ou telle que je la vois aujourd'hui (tellement grotesque) ? Distancer, oui, mais que devient la vérité ? À quel moment la vérité est-elle la plus vraie ? Hier ou maintenant ? Il y a risque de contorsion. Mettre la scène au présent ? Une telle situation ne paraîtrait pas plausible aujourd'hui avec la libéralisation de la sexualité. Tant de singeries, de peurs, d'hypocrisie, de précautions, de frissons aussi, ne sembleraient pas crédibles.

Par ailleurs, si je mets la scène au passé, je dois présenter une jeune femme niaise comme je l'étais. Et j'aime mieux ne pas régresser.

Si j'arrive à dormir, je développerai cette

pensée demain. Comment pourrais-je dormir quand je commence tout juste à me réveiller ?
Dix ans de sommeil, c'est beaucoup trop.

Cahier vert

Il prêchait sur la colline
de l'université
C'était beau en câline
On restait bouche bée.
De blanc et de noir vêtu
Il ressemblait à la vertu
Un côté éblouissant
Un autre pour Satan.
Et quand mon Savonarole
De la chaire
Fustigeait les péchés
Je pensais à l'intimité
De notre chair
Quelle farandole !

L'hésitation

Le poème comique
Débranche le tragique.
Il affronte le pire
Avec un sourire
Écrirai-je le rose

47

de la poésie
Ou la prose
De la vie ?

Entrée libre

Il disait bonjour ! surprise !
Puis bye bye, je pars –
Sans jamais de ma part
La moindre crise.
Ma porte restait ouverte
À tous ses élans
J'étais la femme offerte
Entre la soupe et le flan.
J'avais peu à donner
Mais le donnais volontiers
Quand un homme a faim
Comment refuser le pain ?
Surtout qu'il mouillait la mie
Avec un petit vin de messe
Dérobé à la sacristie
Mais je n'ose écrire la rime
Qui va avec messe :
Ce serait un crime.

Cahier bleu

19 mars, fête de saint Joseph

Ai travaillé dans le carnet vert que j'avais beaucoup négligé depuis quelque temps. J'aurais pu écrire des dizaines de poèmes sans dérougir... mais en rougissant quand même un peu. Je me défoule sur le dos de la poésie sacrée. Ma D.H. perd des plumes.

Au fait, quand est-ce que moi, j'ai parlé de dignité ? Ce sont *ses* mots à lui, car je n'ai jamais eu honte de rien. J'étais même fière et j'aurais crié notre amour sur les toits s'il ne me l'avait interdit. Comment aurais-je pu aller jusqu'au cri quand je ne pouvais même pas dire ? Vingt ans à me taire, à me cacher, à l'attendre... Et quand il s'est enfin libéré (avec la Révolution tranquille), il a oublié ces vingt années d'amour trop discret, trop silencieux.

22 mars

Trois jours à passer de la colère à la jalousie, à l'indignation, à la tristesse infinie...

Je dois l'écrire, sinon je meurs. Oui, le pont Jacques-Cartier s'il le faut. Ce serait peu à côté de

49

cette douleur.

Je la revois, elle, quand elle est entrée au bureau, me souriant de toutes ses belles dents. Douce, aimable, polie, demandant des conseils à l'aînée. Je lui transmettais mon savoir... mes connaissances, devrais-je mieux dire... Leur histoire était-elle commencée à ce moment-là, ou n'est-ce pas plus tard? Mais pourquoi l'accablerais-je, elle, quand c'est à lui, à son i-g-n-o-m-i-n-i-e- que je pense?

Si je me décidais à écrire cette histoire, je pourrais commencer par la fin, comme cela arrive souvent dans le roman postmoderne. Dire l'aboutissement et ensuite décrire le parcours. De cette manière, je pourrais, dès le début, me débarrasser du plus horrible pour ensuite revenir à des temps plus doux. Mais comment les imaginer en voyage de noces dans les Pyrénées sans que je crève dès les premières pages?

27 mars

Malade durant cinq jours, dont trois au lit. Fièvre, tête lourde, cœur plus lourd encore. J'arrive à penser un peu plus clairement aujourd'hui, et je suis sûre que ma brusque maladie est directement liée à la remontée de ces souvenirs.

Serais-je assez folle pour me jeter dans ce nid de vipères, encore grouillant et chaud, je le vois bien ? J'ai eu tant de mal, juste à survivre. Après dix ans, une paix relative s'est installée, mais une paix tout de même – que je saboterais maintenant ?

Le pont Jacques-Cartier... j'étais folle, non ?

Je n'aurais jamais cru que le seul fait d'écrire puisse me mettre dans tous ces états. J'ai pensé :

a) Vaut-il la peine que je me donne ce mal pour lui ?

b) Ce n'est pas pour lui que je le ferais, mais pour moi.

c) Si c'est pour moi, je ne dois pas avoir de chagrin.

d) Écrire est toujours une douleur, disait M.M.

e) On ne commence pas à écrire à mon âge.

f) Et pourquoi pas ?

g) Avez-vous planifié votre retraite ?

30 mars

Retour à la vie. Promenade sous un ciel radieux. Je respirais bien, je marchais avec célérité, je me sentais légère et vraiment bien ! Libérée. Je venais de décider de ne plus jamais penser à écrire. Jamais.

Quand il m'a parlé de poésie, Sanchez faisait une boutade et je ne m'en suis pas aperçue. À travailler constamment dans, avec et pour la Littérature, il me semblait aller de soi que je finisse mes jours avec Elle. Ai-je été assez bête de ne pas voir que je pouvais être avec Elle sans avoir à travailler pour Elle ?

Elle est là, à côté de moi, sur les rayons de la bibliothèque, sage, riche et généreuse, n'attendant rien d'autre que ma disponibilité. Lire, pourquoi de ne pas lire simplement ? Parce que j'ai pensé à autre chose. Et j'ai pensé à autre chose parce que je suis sotte. Il y a là tous ces livres que j'ai aimés et que je me suis toujours promis de relire quand je serai vieille, disais-je. M'y voilà. Je me déteste de ne pas avoir vu cette évidence plus tôt. Me revient en mémoire une des plus cinglantes reparties de Charles. Je vais l'écrire puisqu'elle est là, au bord de ma mémoire ; je n'ai pas à creuser, je n'ai qu'à la laisser tomber de manière qu'elle se casse la gueule elle-même. Je lui disais un jour, que j'avais peur de mourir jeune. « Rassurez-vous, avait-il répondu, le danger est passé. »

Et il y a douze ans de cela ! Elle, elle avait vingt-quatre ans. Stop. *No more of that.* Je vais retourner à ma biliothèque. Aux vraies valeurs. Aux biens impérissables. Aux seules consolations. Le livre est le meilleur ami de l'homme – ou

52

n'est-ce pas le chien ? Mais qui en a décidé ainsi ? Pour moi, c'est le livre. Et moi, je suis moi. Un point, c'est tout, et que les dictons et les dictateurs aillent au diable.

3 avril

Ai parcouru les livres de ma bibliothèque sans réussir à en choisir un. Les joies qu'ils m'ont données ne me paraissent pas renouvelables. Elles étaient toutes reliées à la jeunesse, à la ferveur, à l'amour. Je regarde les livres et chacun me rappelle une époque, un événement précis, surtout mes livres de La Pléiade pieusement collectionnés au fil des temps. Alain, Camus, Chateaubriand, Céline, Colette, Dostoïevski. J'en prends un, ils sont si doux et si chauds, et j'y trouve des notes glissées à l'intérieur, sur des feuillets. Quelle lectrice appliquée et studieuse j'étais ! Puis, dans Diderot, je retrouve un vieux carton, invitation à un lancement sous *sa* présidence. Cette carte m'empêche d'aller plus loin, de chercher le livre-consolation. Y en a-t-il un autre que celui que je voudrais écrire ? Peut-être est-ce ainsi : chaque écrivain, dans la masse impressionnante des livres, ne trouve pas celui qui le satisfait. Il l'écrit donc lui-même – et en reste le

plus souvent le seul lecteur.

Est-il comblé ? Non, puisqu'il en écrira un autre, puis un autre encore. « Je voudrais me pendre au bout de chaque ligne », répétait M.M. Réjouissante perspective. Un livre qui sauve, ça n'existe donc pas ? Qui sauve définitivement, devrais-je ajouter.

Je pense à l'Évangile. Des paroles de vie. Dommage que des hommes s'en soient occupés. Je n'en peux lire deux lignes sans avoir envie de tuer. Ce n'était pas là le Message, il me semble. J'évite donc. Enfant, je lisais le dictionnaire. C'était mon plus beau livre de contes... Je viens d'ouvrir le mien et tombe sur le mot palisson : « Instrument de chamoiseur, destiné à adoucir les peaux. » J'ai perdu mon palisson. Mon polisson. Mais comme chamoiseur est joli ! ! Je devrais rester dans le dictionnaire.

11 avril

N'ai rien écrit depuis quatre jours. Et ça me manque. Puisque j'éprouve un certain plaisir à tenir ce journal, j'aurais tort de m'en priver. Mes poèteries m'amusent mais ne me satisfont pas. Alors qu'en écrivant dans ce cahier bleu, même de très insignifiantes choses, j'ai l'impression d'exis-

ter. Une simple impression peut-être, mais qu'importe, qui d'autre que moi peut encore me confirmer ma propre existence ? D'ailleurs, je sens très fortement l'importance de dire à mesure, de ne pas laisser s'accumuler les choses, comme disait M.M., un écrivain brillant mais peu productif. « Quand je laisse s'empiler les matériaux, je n'arrive pas à les trier, à les séparer. Dans une seule journée, il y a cent romans à tirer, ou un seul ininterrompu. Il faudrait écrire sans arrêt juste pour exprimer une seule minute de vie. » M.M. parlait beaucoup et très vite. « Voyez, disait-il encore, l'impossibilité d'écrire la vie, la vraie, celle qu'en ce moment même, tandis que nous parlons, se déroule dans plusieurs sens, sur plusieurs plans à la fois. Vous pensez, je pense, et nous parlons d'une autre chose et savez-vous qu'en ce moment je souffre d'une bursite qui me fait un mal fou, vous n'en savez rien, n'est-ce pas, et pourtant ma douleur agit tandis que je vous écoute. » Les phrases débordaient de chaque mot et l'entraîneraient dans d'imprévisibles et interminables digressions. « Il faudrait prendre des photos d'âmes, disait-il encore, au moins cent à la seconde pour montrer un peu qui est qui et quoi est quoi et par rapport à quoi, selon quels mécanismes la pensée tout à coup se dirige ici plutôt que là. Comment voulez-vous qu'un romancier y

55

parvienne jamais ? Le meilleur doit choisir ses éléments, et choisir, c'est estropier la vérité, défigurer le réel, réduire, oui, réduire la vie. L'être humain paraît petit parce qu'il est en vérité trop grand. N'est-ce pas affreux ? Comment écrire quand on sent cela si fortement ? »

Depuis presque trente ans, M.M. déposait régulièrement à la maison un nouveau manuscrit de plus en plus mince, de plus en plus abscons. Un jour, il avait même proposé de ne publier que le *tracé* de son livre. S'emparant d'une feuille de mon bloc-notes, il y avait dessiné la première partie de son livre :

A

B   A ⇌ B

et la deuxième

A
| C
B

et la troisième

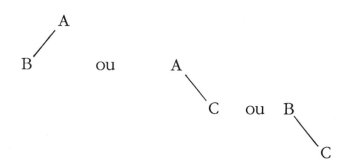

« Voulez-vous quelques explications ? Ici, vous voyez le couple A et B. Ensuite, vous constatez l'entrée de C dans la ronde. L'infernal trio. Le dénouement se fait selon votre fantaisie personnelle. A ou B ou C, n'importe lequel des trois peut s'en aller. Je veux montrer le rapport entre les personnages sans donner de détails quant à leur âge, leur sexe, leur race. Imaginez par exemple combien la complexité de ces rapports pourrait être escamotée si je faisais appartenir C à la race noire. On ferait vite de mon roman une interprétation raciste (si C est éconduit), on le *réduirait*. Donc pas de couleur, pas de sexe, pas d'âge. Au lecteur de faire travailler son imagination, de découvrir la vrai vie dessous. Peut-être bien qu'il est possible de trouver un lecteur imaginatif ? En supposant que j'aie un lecteur, bien sûr... Aurais-je seulement un éditeur ? » Et il éclatait de rire. Un vrai sanglot. (Nelligan)

Est-ce bien Nelligan ? « Je ris, je ris si fort que j'ai peur d'éclater en sanglots ? » Je le crois. Il faudrait vérifier, comme je faisais au bureau *avant* de citer. Mais où en suis-je donc ? Dans une digression, à la façon de M.M. mais sans son génie, car il était vraiment possédé par une grande idée, laquelle demeurait inexprimable. Quoi de plus douloureux pour un écrivain que de ne pouvoir s'exprimer ? Je risque de m'égarer encore. Curieux combien, en écrivant, je perds souvent le fil alors qu'au bureau, jamais je ne me suis écartée d'une discussion. Au contraire, lors de nos rencontres hebdomadaires, je suivais toujours tout de tellement près que lorsque les idées partaient dans tous les sens – les idées, j'exagère un peu : opinions suffirait – et que Sanchez demandait tout à coup : « Allons, Judith, dites-nous où nous en étions ? » je savais toujours ramener la conversation au point où elle avait bifurqué. J'étais l'ordre en personne, je tenais le compte exact des travaux en cours, alors que maintenant je ne suis plus ma propre pensée.

Suivre = *follow*. Où en suis-je ? Je ne suis pas ma propre pensée : être et suivre. Oh ! comment arrivent-ils à écrire, les malheureux ? Quand j'étais en dehors du texte, lisant un manuscrit, je ne butais que sur des erreurs grossières, sur les vraies fautes. Je vois maintenant les difficultés, les glissements, les fourvoiements subtils, je les vois *de l'intérieur.* Les mots se raidissent, s'échappent, se transforment. Même en lisant attentivement, je crains de n'avoir pas toujours saisi la beauté d'un texte, son fini, son exactitude, sa saveur, sa particularité.

Mais il y avait tant de textes ! Nous recevions environ vingt manuscrits par semaine. Plus de mille par année ! Nous ne les publiions pas tous, mais il fallait tous les lire. Ce que je faisais en y mettant toute ma patience et tout mon cœur (ce qui n'est pas beaucoup, aurait dit Charles). Je fais aujourd'hui une apologie rétrospective bien inutile... encore qu'elle ne soit pas sans visées lointaines. J'ai en effet aussitôt pensé à la manière dont on lirait mon manuscrit en supposant : a) que j'en écrive un ; b) que je le présente.

Cher M.M. hanté par l'absolue vérité, tu m'obsèdes. Je vais tout dire à mesure. Essayer, à tout le moins. Et bien choisir mes mots. Merde, on sonne à la porte.

Trois heures plus tard

Interruption agaçante et tout à fait décourageante. On s'est moqué de la tour d'ivoire de l'écrivain, mais comment protéger sa paix contre les envahisseurs ? Comment retrouverais-je maintenant mon émotion de tout à l'heure, le frémissement, l'ébullition ? Surtout qu'on voulait me vendre un abonnement à une revue de l'âge d'or ! Où ont-ils pigé mon nom ? Quelqu'un l'aurait-il donné ? L'âge d'or ! Après leur départ, j'ai sombré dans une profonde mélancolie ; moi qui me sentais des ailes, voici que j'étais renvoyée dans ma catégorie de produits flétris, non recyclables, à jeter après usage... ou peut-être tout simplement biodégradables. Et ils osent appeler « âge d'or » ce stade avancé de décomposition ! Ces funestes annonciateurs de catastrophes physiques ont anéanti ma paix morale.

À quoi tient donc l'expression « tour d'ivoire » ? Évoque-t-elle l'opacité du produit ou sa solidité ? « Je vais confier cette recherche à ma secrétaire », disait Son Altesse Royale le prince monseigneur doyen de la faculté de... mais pourquoi rétrécir son domaine, n'était-il pas doyen de *toutes* les facultés ? Surtout des miennes ? De mes facultés olfactive, auditive, visuelle, tactile, gustative ? De ma faculté intellectuelle ? Et quoi encore ? De ma faculté d'aimer, de rire, de parler, d'exister ?

— Je préférerais que vous ne veniez pas à cette remise de prix.

— Mais pourquoi ? Nous sommes toujours heureux quand nos confrères éditeurs assistent à nos lancements.

— Sanchez va venir représenter la maison.

— Ça ne m'empêche pas d'y aller aussi.

— Écoutez, Judith, vous ne comprenez pas combien ces situations sont difficiles pour moi. J'évite de vous parler, je crains de paraître froid, des amis m'entourent, je dois être présent et je vous sens là, un peu triste, négligée...

— Au contraire, je m'amuse toujours et je ne vous parle à peu près jamais, seulement lorsque les circonstances l'exigent.

— Pour vous, ces situations sont faciles, vous n'êtes pas en vedette, alors que moi, je suis toujours sur la brèche, nerveux, distrait, inquiet. C'est très embarrassant.

Et je n'allais pas à la dite maudite réception. J'attendais le dimanche en me disant que moi, au moins, j'avais la fête dominicale. Alors que ce jour-là, les hommes mariés retrouvent l'épousée et délaissent la maîtresse (tiens, je recommence à faire des rimes, ma bonne humeur doit être revenue), moi, j'avais un dimanche rempli. Durant vingt ans. À midi et demi, toutes ses obligations monacales accomplies (et non à complies, puis-qu'il rentrait pour les vêpres), il venait déjeuner et passer l'après-midi... *Tous* les dimanches. Un rite, un cérémonial.

Je suis une moniale
Dominicale
Quand son couvent prie
Je reprends l'office
Et j'offre mon vice
Comme une hostie.

Je vais recopier ce poème dans mon cahier vert. Ces six lignes racontent mille dimanches de ma vie.

12 avril

Insomnie. J'avais tant écrit avant de me cou-cher que tout a continué dans ma tête. Long-temps après que la lampe eut été éteinte, une impitoyable lumière balayait mon champ visuel comme un phare ahurissant. Des images, des scènes entières apparaissaient, intactes, fraîches comme si je les avais vécues la veille alors que la plupart d'entre elles remontaient à plus de dix ans. Je revoyais certains dimanches sous un éclai-rage cru, dru. Un en particulier. Je m'étais levée avec un mal de tête féroce qui me battait les tempes comme un tambour. À onze heures, j'avais dû avaler un cachet que ma sœur Yolande m'avait donné après un pénible dîner chez elle. Cette soirée aussi m'est revenue très clairement à l'esprit la nuit dernière, mais je veux avant tout décrire ce dimanche de migraine.

Ce jour-là, à onze heures trente, malgré la douleur persistante, je m'étais levée pour préparer notre repas dont le menu ne variait jamais. Un autre rite. Crème vichyssoise. Roastbeef saignant, et attention à la cuisson ! Pommes de terre mousseline. Légumes de saison, le seul élément variable. Fromage d'Oka. Salade verte. Pain Cousin. Sorbet aux fraises et biscuits belges aux amandes (biscuiterie Destrooper). Café-cognac. Avant, du beaujolais bien entendu. Mais à midi, la tête me fendait si fort, comme disait ma mère, que j'étais retournée au lit.

Quand Gargantua est arrivé et qu'il m'a vue gisante, une serviette sur le front, et tout à fait immobile puisque le moindre geste se répercutait dans ma tête en une douleur aiguë, il a eu un bref moment d'irritation : « Souffrez-vous vraiment à ce point ? » En guise de réponse, je n'avais fait qu'ouvrir ma main, la paume vers le haut, pour signifier mon impuissance. Il a aussitôt enchaîné avec un discours pointu sur les nerfs des femmes puis, peu à peu, il s'est radouci en disant que je ne manquais jamais de courage. « N'est-ce pas, Judith ? Vous être plus forte que cela ? » Puis de plus en plus doux et dans une sorte de chuchotement : « Allons, mon petit, alors vous êtes vraiment malade ? Non, n'essayez pas de parler, laissez-vous faire, je vais vous soigner. Et ne faites pas un geste qui pourrait vous fatiguer. Gardez la serviette sur vos yeux. Non, donnez-la-moi. Je vais la rafraîchir. (Sortie vers la salle de bains, bruit d'eau. Retour. Il pose la serviette sur mes yeux. Il est nu.) *« Nunc quieta esto, noli moveri, extremas tibi unctiones ministraturus. »* Et ce fut la lente caresse sur mes seins, mes oreilles, mes tempes, mes lèvres, jusqu'à ce que la fiole entière des saintes huiles se déverse et lui arrache un gémissement. Peu après, il parla encore : « *Gaudene, filiola ? Immota esto, unguento te unguo, regrigerium tibi præsto. Delectare, quieta atque laxata esto. Dulce, dulce, agnella es ægrotans. Nunc in ventrem te revolvo... naticulæ tuæ frigidæ.* » Ma tête cognait toujours, mais à cause de la pilule sans doute, j'étais molle et offerte ; lui, plus audacieux. Je le sentais contre mes fesses, chaud et mou qui me tenait fermement. Il parla encore : « *Sudas, agnella mea, benissime, quod malum expellendum me videbis expulsurum ictu magno. Ecce, ecce, suaviter ad te revertot, nunc accedo, accessus sum !* »

Il cherchait son chemin, le trouva et s'y enfonça profondément. J'ai gémi. Alors il est resté immobile au fond de moi, me retenant toujours de ses mains, parlant et s'agitant encore : « *Dulce, dulce, bestiole mea, dic deliciis adfectam, dic etiam, an vis fortius ac fortius ? En ingemisce, malum expelle, clama!* » Mais je n'avais plus mal, je ne criais plus, j'avais tout simplement perdu connaissance.

À mon réveil, je constatai une fièvre de 38,5 degrés. Charles n'était plus là, mais il avait laissé un mot sur ma table : « Vous dormez comme un ange, bonne semaine. À dimanche prochain. J'ai mangé le fromage et le sorbet. Merci. » Sans signature, bien entendu.

14 avril

J'ai arraché de mon carnet bleu la page du 12 avril – trop compromettante. Mais j'ai traduit les passages trop crus en latin de cuisine et les ai copiés dans mon cahier rouge. Ma première page de vraie création ! L'idée du latin m'est venue du livre de Krafft-Ebing *Psychopathia Sexualis*, dans lequel les passages trop salés sont écrits en langue d'église... Et pour garantir mon anonymat, j'ai inscrit en bas du texte : « Passage tiré du *Modus vivendi quebequensis,* tirage limité. »

20 avril

Mon intense production littéraire du 12 avril m'a considérablement ébranlée. Elle a gâché mes journées. Elle s'est faite angoisse, torture, honte. Colère aussi. La colère de ma honte. Avoir ces choses sur le cœur et ne pouvoir les dire ! Pendant quelques heures, je me sentais forte, heureuse d'avoir osé, me disant que maintenant que j'avais cassé la glace à son point le plus dur, je pourrais aller allègrement vers le reste. Et un beau, un grand roman m'apparaissait, de joies et de peines emmêlées, audacieux, vrai surtout. Je le voyais comme s'il avait déjà été fait, ô bonheur! Puis, brusquement, une chape de plomb me tombait sur les épaules. Ma mère m'apparaissait, mes sœurs, et quelques amis encore en poste, tous formant un barrage étanche, infranchissable. Mon petit texte s'écrasait là-dessus comme un pou puant. Et quand d'autres scènes me revenaient à la mémoire, aussitôt le poing rageur de ces bonnes personnes s'abattait dessus, dévastateur. Je m'écrasais au fond de moi comme un tas d'ordures, morte, asphyxiée. Puis je reprenais vie, me disant : il faut oser, mais dès qu'une autre scène prenait forme, la famille rappliquait comme une meute de chiens policiers.

Comment les écrivains font-ils pour publier de tels textes quand il est déjà si difficile de les écrire ? Où trouvent-ils le courage ? À l'étranger ? Chez les psychanalistes ? Auprès de leurs confrères ? Moi, je vis en plein cœur de mon pays, je n'ai parlé aux psy que pour corriger leurs textes et je ne connais les écrivains que d'une manière occasionnelle, professionnelle. Je suis seule. Bien sûr, plusieurs M.M. m'ont parlé, quelques-uns se sont confiés, chacun a fait son numéro savant ou drôle ou prétentieux le plus souvent, mais je ne leur ai jamais parlé de moi, bien entendu. Je suis assez fine pour savoir que je ne les aurais pas intéressés de tout façon. Ils sont bien trop pris par leur *trip* personnel pour s'en laisser distraire par un quidam. Je les comprends. Si un jour j'apportais un manuscrit, je ne demanderais certes pas à la secrétaire si elle aussi n'en a pas un sur le métier.

Donc, je suis exposée en aire ouverte, sans défenses thérapeutiques et sans alliés complices. Comment oserais-je montrer seulement un sein qu'ils ne sauraient voir sans me déchiqueter vive ? Comme durant cette soirée typique avec mes sœurs et leurs « chers époux ». Nous parlions, ils parlaient plutôt, et les mots créneaux, efficacité, consensus, programmation, etc., revenaient sans cesse, le jargon habituel quoi, jusqu'à ce que mon beau-frère Claude, le visqueux, dise : « Si le directeur m'avait supporté, j'aurais pu... » « C'est normal qu'il n'ait pu te supporter », ai-je coupé. « Tiens, la vieille fille qui lance son poison. Car *ça* tourne au poison, *ça*, quand ce n'est pas employé. » Ils rient, ils parlent ensemble. « Elles partent d'où, tes flèches, ma belle ? Vas-y, Judith, on sert au moins à te défouler. La ménopause est difficile ? » « Ça m'agace d'entendre le mot « supporter » au lieu d'appuyer. Supporter dit exactement le contraire d'appuyer... » « Bon, voilà la maîtresse d'école qui fait sa leçon. Oh ! madame travaille dans les livres, ça se voit. Alors toi, tu nous supportes, tu ne nous appuies pas ? »

Claude encore, le spécialiste des coins sombres et des accrochages furtifs. Ses grosses lèvres baveuses qu'il avait un jour écrasées sur ma bouche comme une méduse crevée, ses pattes velues dans mon corsage, ses petits yeux de goret vissés dans les miens. « Bas les pattes ! » avais-je dit en le repoussant. « Alors, t'es aux femmes, ma belle ? » Hideux, flasque, coulant et qui me demande si je le supporte... « Non, je ne te supporte pas, ni toi ni les autres, et puis vous m'ennuyez, tiens ! »

J'avais quitté la table et m'étais enfuie, non sans accepter les cachets offerts par ma sœur qui souligna combien j'avais des réactions outrancières, dues peut-être à un dérangement hormonal. Au fait, pourquoi Yolande prend-elle ces pilules puisqu'elle est nantie d'un cher époux pourvoyeur de bienfaits physiques ? Ils défendent leurs clichés, même s'ils en crèvent. Et leur acharnement à vouloir les imposer me scandalise. Tant d'hypocrisie me rend malade. *La vieille fille que je suis jouit tous les dimanches*, aurais-je dû leur crier. Mais ce n'est pas possible. L'écrire non plus. Dans quelle geôle mentale ils me tiennent coincée !

La solide M.M. avait un jour apporté un manuscrit, excellent, qu'elle était venue retirer quelques jours plus tard, se disant incapable d'affronter le courroux prévisible de ses proches. « Vous en ferez une œuvre posthume, disait-elle en riant, et plus vite que vous ne le croyez ! » J'avais suggéré de le publier sous un pseudonyme. « J'y ai pensé, avait-elle répondu, mais ce serait une lâcheté. L'embêtant, c'est que je vis de mes livres et, s'ils ne paraissent pas, les sous ne rentrent pas. » « Et si vous alliez à l'étranger ? » « Après la famine, l'exil ? Non, je ne pourrais pas. C'est aux gens d'ici que je veux parler. Ce sont eux qui m'ont faite. »

69

Je comprends trop bien ce qu'elle voulait dire. Moi aussi, j'écrirais pour ceux qui m'empêchent d'écrire, ceux qui occultent mon existence, pour reprendre un autre de leurs termes favoris. Ah ! si Charles m'avait épousée plutôt que cette Lise de malheur. Quelle tête ils auraient faite ! Cloués leurs becs d'oiseaux rapaces, confondus leurs préjugés, leurs calomnies, leurs secrètes convoitises.

Mais le brave a fui en douce, laissant derrière lui son passé usé comme une vieille paire de chaussettes. Quel lâche et prudent moraliste a déclaré que toute vérité n'est pas bonne à dire ? La vérité n'est pas bonne à cacher non plus, elle fait tout pourrir, comme une pomme gâtée fait pourrir un cageot de fruits sains.

21 avril

Me sens triste et amère. Je crois avoir atteint l'âge-sommet, celui d'où on a une vue panoramique de l'espèce humaine. Celle-ci n'est pas réjouissante.

Écrire ce journal m'enfonce dans la mélancolie. Et je n'ai plus envie de rimailler.

Cahier rouge

C'était l'automne. Un vieux soleil, installé dans l'âge d'or depuis des éternités, jaunissait la chambre. Ses chétifs rayons s'agrippaient au lit comme de longues mains exsangues et glissaient, affaiblis, sur le tapis usé. Quelques touffes jaunâtres restaient un instant accrochées aux rideaux de dentelle puis tombaient sur le crâne chauve d'une lampe en marbre. Le long de l'armoire centenaire, une lueur blafarde descendait péniblement en prenant appui sur chaque fissure et chaque tare du bois, qui étaient autant de refuges et de relais. On aurait dit un jour fatigué d'avance et qui n'en pouvait plus de se lever encore une fois.

De son lit, Pauline l'apostrophia : « Tu ne jogges pas bien fort, toi non plus... » puis elle sourit parce qu'elle ne trouvait rien de plus intelligent à faire. Comme la Joconde. Si Leonardo était ici, pensa-t-elle, comment me peindrait-il ? Me peindrait-il seulement ? Chose certaine, il ne sauterait pas dans mon lit, ce n'était pas son genre, encore moins avec une vieille. » Son sourire s'enfonça dans les rides de ses bajoues et, étant donné la profondeur des lieux, il s'y noya. C'était un sourire suicidaire qui préférait crever tout près et vite plutôt que d'aller languir dans les autres parties de ce visage tari, retenu à l'intérieur de ses frontières par une peau si mince que, si une soudaine poussée de vie l'irriguait, elle ferait tout éclater. Un tel danger ne la menace plus, hélas...

Cahier bleu

22 avril

Quel piège, l'écriture ! Quand j'ai tracé ce « hélas », à la fin de ma page, je suis restée en plan, interloquée, car si le « hélas » convient au texte, il ne correspond pas du tout à ce que je voulais dire. Ce curieux phénomène de détournement s'est déjà produit dans ce journal, mais jamais dans le cahier rouge où je croyais dominer, posséder mon sujet. Ce mot m'a échappé et je ne l'assume pas. Pas du tout. D'ailleurs, placé à cet endroit, dès le début du texte, il entraînerait l'action dans une sorte d'écroulement, d'abdication. Ce n'est pas du tout ce que j'avais dans la tête.

J'avais volontairement accumulé les termes qui suggèrent un état douloureux... (Mon Dieu, cela me rappelle les études de textes de mon enfance : relevez les verbes qui montrent le vieillissement, soulignez les adjectifs qui renforcent l'idée de l'auteur. Oh !)

Voilà l'impasse où j'ai été amenée par un mot. Mon idée, avant ce « hélas » de malheur, était de montrer une Pauline vieillie et fatiguée, mais encore capable d'enthousiasme et d'espoir. Et la voilà qui dit hélas, cette abrutie.

Elle a parlé spontanément, sans que j'y sois pour quelque chose. Les écrivains disent toujours que leurs personnages les emportent au-delà du texte, que ceux-ci se mettent à avoir une personnalité, une existence propre, indépendante de l'auteur, mais ici Pauline m'a échappé *dès la première page*. Comment n'a-t-elle pas compris que Pauline, c'est moi ? Je ne voulais surtout pas qu'elle s'effrondre !

Pauline, je vous congédie.

Et je meurs un peu.

23 avril

Je voudrais ne plus écrire dans le carnet rouge de fiction. Je vais plutôt m'attacher à vivre d'abord, sans arrière-pensée littéraire affligeante.

Ici je vis
Ici je suis (être).

Je sais qu'un autre problème d'écrivain se

pose dans ce choix difficile entre vivre et écrire. Mais je n'en suis plus. Je choisis la vie.

24 avril

Il me semble que j'ai démissionné un peu vite. Alors, la longue, la très longue patience de l'écrivain ?

Cahier rouge

Pauline n'est pas peintre, elle ne danse pas aérobiquement, non plus qu'elle ne médite transcendantalement. Elle ne fait ni vélo ni wendo. Elle n'a subi aucune psychothérapie, aucun cours du soir pour adultes. L'alimentation macrobiotique, les regroupements écologistes, la pastorale laïque, la laissent indifférente. Puisque aucun signe ne la particularise, est-ce un être banal ? Voilà qui serait vite dit. Les personnes insignifiantes ne m'intéressent pas. Or, Pauline m'intéresse. Donc, Pauline n'est pas insignifiante. Prouver la justesse de ce syllogisme.

Pauline m'intéresse parce qu'elle se cherche. Son apparente insignifiance n'est pas une platitude étale où elle se serait endormie, mais un déroulement sourd et lent, une sorte d'émergence intérieure à peine perceptible, comme celui d'une chrysalide. Ira-t-elle jusqu'au bout de sa secrète et incertaine transformation ? La chenille, elle, s'évade en papillon, mais Pauline, vers quoi vole-t-elle ? Elle n'en sait rien, elle ignore où sa prise de conscience – car c'est ainsi qu'il faut appeler son incubation – la conduit. Elle marche avec des joies et des peines, vers un destin qu'elle souhaiterait saisir, diriger, dominer, un destin *sien*. «Je vais désormais choisir ma vie, dit-elle souvent. Mais qu'est-ce que ma vie ?» ajoute-t-elle aussitôt. Pauline m'intéresse parce qu'elle fait l'effort, non pas de se ressaisir (puisqu'elle n'a jamais rien saisi), mais au moins de se prendre en main.

J'ai rencontré Pauline à la Maison de la culture du Plateau. Elle sortait d'un compartiment et paraissait songeuse. C'est une femme longue et mince, d'allure altière, entre quarante et cinquante ans. Des cheveux gris, abondants et soigneusement coiffés, une tête qu'elle porte haut, avec un rien de défi. Belle, le nez long, effilé, les pommettes hautes et saillantes, les lèvres pleines mais avec une moue légèrement méprisante. Son allure dégage nettement un air d'autorité. Aussi, quelle ne fut pas ma surprise quand un air de lassitude transforma son visage au moment où la préposée au guichet lui demanda son sac (signé Cardin) :

— Vous ne croyez pas que j'aie pris quelque chose ? demanda-t-elle.

— Mon devoir est de soupçonner tout le monde, répondit la femme.

— Un devoir de méfiance ? Quel travail affreux ! Mais vous avez peut-être raison, je pourrais *aussi* être une voleuse, après tout.

— Je ne vous demande pas l'histoire de votre vie. Seulement d'ouvrir votre sac.

Pauline ouvrit son sac pour que la femme y jette un coup d'œil, puis le referma sèchement, en disant : « Quand vous saurez lire, je vous souhaite de trouver un meilleur emploi. » Et elle tourna les talons.

Arrivée chez elle, Pauline sortit de la manche de son large manteau, le dernier roman de M.M. paru aux Éditions du Boréal et entreprit d'effacer les mots « Maison de la culture » estampés sur la tranche.

Cahier bleu

26 avril

Ai relu le texte écrit hier dans le cahier rouge. En suis déçue mais surtout étonnée. Décidément, l'écriture est une activité surprenante. Analysons mes surprises.

D'abord, j'ai sciemment mis ce texte à la

troisième personne selon le procédé romanesque le mieux accepté. Pour éviter aussi qu'on y voie la fatale confession du premier livre, toujours si discréditée. Mais *qui* est donc cette personne qui me voit ? Là, je suis très embêtée ; à moins de poursuivre dans le genre de l'ancien *nouveau roman*, qui permettrait à cette personne mystérieuse de n'être jamais identifiée. Elle serait seulement un œil témoin, mais cette mystification me gêne ; hier, dans la rue, je me suis sentie *vraiment* suivie, observée. J'ai même tourné la tête plusieurs fois pour surprendre l'inquisiteur. Il me semblait qu'on m'observait et ma démarche devenait lourde, maladroite : j'ai même buté sur une poubelle. J'avais beau me dire que tout cela n'existait que dans ma tête, mes hallucinations n'en paraissaient que plus vraies. En entrant dans mon appartement, j'ai même fait ouf ! comme si je venais d'échapper à une poursuite. Mon personnage m'obsédait.

Un point très révélateur : j'ai commencé par dire ce que Pauline n'était pas, alors qu'elle s'acharne à être, comme le dit ce trop long passage sur sa prise de conscience, passage qu'on aurait supprimé à la Maison (pas celle de la culture, celle de l'édition ; cette précision de lieux ne se veut pas une contradiction dans les termes !). J'entends hurler Sanchez : « Attention, préparez-moi un café très fort. Nous allons traverser un passage pseudo-philosophique de la plus haute insignifiance. Attachez vos ceintures ! »

Il serait préférable de voir Pauline agir, poser des gestes libérateurs qui illustrent sa démarche. Trop facile de dire qu'elle pense. « Prouvez-le ! crierait Sanchez. De l'action ! » Je me demande tout à coup si Sanchez n'aurait pas été plus à sa place dans la réalisation cinématographique que dans l'édition. Pourquoi un personnage de roman devrait-il bouger comme un cow-boy ? Si M.M. lisait ce texte, qu'en penserait-il ? Je l'entends : « L'art du roman est l'art de l'absolue liberté. Comment donc osez-vous défendre une forme rigide et stricte après Proust et Céline et Woolf et tant d'autres qui ont fait éclater la notion figée de l'univers romanesque ? Non, mais, vous voulez des scénarios ou des romans ? Vous voulez des histoires ou des romans ? Car ce sont deux choses différentes ! Le cinéma, c'est l'ancien roman restitué en images : croyez-vous qu'après un film j'ai envie de décrire une chambre avec la commode à gauche, le lit *king size,* les fleurs du papier peint ? Ça prendrait combien de mots pour dire ça quand une image vous les flanque dans les yeux instantanément ? Et décrire les lèvres de Madame, et son cou, et ses bras, et son genou, alouette ? Vous ne voulez tout de même pas que je vous décrive une chanson ? Et « la marquise sortit à cinq heures », ça ne vous a pas déglingué à tout jamais votre obsolète horloge grand-père ? Mesdames, messieurs, le roman ne doit plus raconter, il doit sévir ! Violer, pénétrer dans vos chambres, vos cuisines, mais ne jamais les décrire. Vous avez envie de vous taper la description des surfaces blanches sur fond blanc des comptoirs de mélamine ? Dans ce cas, vous réclamez un texte pour les annonces classées de *La Presse*. L'action ne se passe plus au dehors mais en dedans. *Do you understand ?* *It's an inside story*, le langage de l'âme, en Deutsch, en français, en English, en n'importe quoi, la même maudite âme qui inspira Balzac, mais sans les meubles, par pitié ! Il faut un roman qui soit émotion pure, pensée pure. Si Georges, par exemple, réfléchit mieux dans les W.C. que dans son bureau, faut-il que je décrive la cuvette, la qualité de sa crotte, la couleur de ses serviettes Caldwell ? Il *pense* ! Ce n'est donc pas assez que quelqu'un pense ? »

Sanchez m'avait dit, après son départ : « Pourquoi M.M. ne se contente-t-il pas de penser au lieu d'écrire ? »

Cher M.M. Un autre que j'aimais bien. Je ne crois pas toutefois que ses propos puissent excuser le côté « récitation » de mon texte.

79

Écrire la description physique de Pauline a été très ardu ; est-ce à cause des propos déjà tenus par M.M. ou tout simplement parce qu'il s'agissait de me décrire ? J'ai même affirmé qu'elle était belle. Suis-je belle ? Charles ne m'a aucunement renseignée là-dessus. Pour ma part, jamais je n'ai aimé mon visage et « les pommettes hautes et saillantes » sont un affreux cliché littéraire. Si je n'arrive pas à rendre le simple aspect extérieur d'une personne, comment pourrais-je m'aventurer dans les ténèbres de son âme ? Je ne voudrais pas faire un roman psychologique non plus. Sanchez les déteste. Et Sanchez connaît le public et le marché.

Il n'y a pas de préposée au guichet à la sortie de la Maison de la culture, mais un œil électronique. Une inexactitude qu'un critique relèverait rapidement et qui invalide la scène tout entière.

Ma surprise la plus grande : le moment où Pauline sort un livre de sa manche. Moi, voler un livre? Une pure aberration. Ce passage a dû m'être inspiré comme une vengeance contre l'insolence de la préposée qui d'ailleurs n'existe pas. Que c'est compliqué ! J'avais choisi la vie, il me semble, que ne m'y suis-je tenue ! Mais la vie, ma vie, est si peu de chose. Pas étonnant que je veuille l'enluminer.

30 avril

À la suite de la Pauline bien coiffée, je suis allée chez le coiffeur. Aussi parce que « la vie » l'exige, alors qu'aucun lieu sur la terre ne me paraît plus mortel qu'un salon de coiffure. La musique, les propos des clientes et ceux des coiffeurs, les phrases hideuses de l'opération beauté, l'ambiance, tout me déprime, et m'a toujours déprimée, mais hier rien ne m'a semblé pire. Pour qui subir cette pénible séance ? Pour moi, me disais-je, pour rester digne. Puis j'a pensé combien la tonsure représente une solution commode. La femme, « cet animal aux cheveux longs et aux idées courtes », n'est-elle pas la contrepartie servile, voulue et imposée par les nobles tonsurés ?

Jadis, je me faisais coiffer le jeudi de manière que, le dimanche, mes cheveux aient repris leur odeur naturelle. Qu'il aimait. Se fourrer le nez dans mes cheveux sales l'excitait au plus haut point. Était-ce un signe d'amour ? Je le croyais, mais ce côté vicelard de son nez fouineur me préoccupe : aime-t-il renifler tous les cheveux sales ? Ou seulement les miens ? Cette question ajoute encore au déplaisir de ma « mise en plis ». Quel nom ! Alors qu'il me faudrait plutôt un déplissage, du corps et de l'âme. Redevenir lisse...

Au retour, je me suis longuement regardée dans la glace. J'essayais de me voir vraiment puisque je me rencontre là au moins dix fois par jour, mais sans jamais y prêter la moindre attention. Je faisais un essai d'évaluation objective. Suis-je belle ? ai-je donc demandé à mon miroir. Tu n'es pas laide, m'a-t-il répondu. La forme négative encore! les miroirs réfléchissent à ma façon.

Et qu'ai-je donc fait durant ces quatre jours, à part ma visite au salon de « haute coiffure » ? Ces termes pompeux dont ils se réclament tous : haute coiffure, haute cuisine, haute couture, on vit dans le haut de gamme. Enfant, nous disions « la haute gomme », en nous effaçant... Maintenant, tout le monde accède au sommet. On a gommé l'excellence.

L'excellence... j'y ai tant cru ! Charles, c'était le *summum cum laude*, le *nec plus ultra*. Qu'il m'ait choisie m'ennoblissait. Grandie, valorisée, du seul fait de sa présence.

Laisser tomber quelqu'un... Me frappe la force de l'expression. Il me portait haut, il m'a lâchée. Maintenant je suis tombée, très bas, là ou je me trouvais avant qu'il ne se *penche sur moi*. Il a pris soin de ne jamais me faire oublier ma situation et sa condescendance.

Je me souviens qu'un jour je lui avais demandé de venir chez ma mère qui souhaitait vivement rencontrer ce grand prédicateur que j'avais le bonheur de connaître. Avec quel plaisir elle aurait annoncé à ses amies que le célèbre père Charles était venu prendre le thé chez elle.

— Vous ne pourriez pas venir la saluer dimanche, à la fin de la journée ?

— Non, Judith, c'est impossible. Je vous vois, *vous*, n'êtes-vous pas contente ? Imaginez si j'acceptais d'aller dans les familles de mes élèves.

Ma promotion au rang de maîtresse ne devait pas me faire oublier que je n'avais été qu'une élève et qu'il n'en tenait qu'à lui de me renvoyer à ce statut. Me renvoyer à la banalité.

« Je ne suis pas un homme ordinaire, ne l'oubliez pas. Si cela vous paraît trop difficile, trouvez-vous quelqu'un de banal et mariez-vous. Je vous l'ai déjà dit et je n'aime pas avoir à le redire. Je vous propose une voie difficile, il est vrai, mais qui n'est pas sans vous plaire aussi, n'est-ce pas ? »

Oui, j'aimais bien le côté exceptionnel et secret de notre relation. Sa ponctualité aussi. Ma vie s'écoulait selon une règle stricte, pleine, satisfaisante. Le bureau pour le travail, les soirées pour le repos, les films, la lecture, le samedi pour les courses, et le dimanche pour le plaisir nu, cru. De quoi me serais-je plainte ? Non, ce n'était pas si difficile et il le savait. Après vingt ans, j'ai cru que ça durerait toujours.

Cahier rouge

Vendredi. Pauline à son bureau. Des manuscrits à gauche, à droite des dictionnaires. Plus loin, d'autres manuscrits, ceux-là annotés. Sonnerie du téléphone : un auteur demande des nouvelles. Pauline promet pour la semaine prochaine. Le regrette aussitôt car elle devra travailler à la maison. C'est un bon auteur, heureusement. Elle met le manuscrit dans son sac. Encore le téléphone. Un peu impatiente : « Allô, c'est Simone... (la secrétaire du doyen). Ça va ? » « Oui. » « Les textes pour la revue sont prêts ? Bien ! Mais ce n'est pas pour cela que je t'appelle. Je voulais te dire que le Père Charles a donné sa démission lundi... » Silence. Pauline attend. L'horloge marque trois heures. « Mais pourquoi ? » demande-t-elle enfin. « Il quitte la communauté. Je n'ai pas le temps de te parler, j'ai quelqu'un dans mon bureau. Appelle-moi demain. »

Demain. Pauline n'a pas à téléphoner : la rumeur a déjà fait le tour de la ville. Le Père Charles a quitté : Europe.

Dimanche. Rien. Les postes, les téléphones, les télégrammes n'existent pas. Rien qu'un terrible silence. Pauline dedans qui étouffe. Un disque ? Non, plus de Ferré, de Sauvage, d'Aragon. La nuit ensuite, la si longue nuit.

Lundi. Téléphone au bureau. Elle serait absente. Sanchez : « Mais vous m'abandonnez toutes ce matin ? Lise est partie et vous ne venez pas non plus ! Demain ? D'accord, soignez-vous bien. »

Mardi. Pauline assise à son bureau, plongée dans un manuscrit. Suspendue sa douleur. D'heure en heure, son courage s'affermit. La pause café. On ne parle que d'*eux*. Lise est folle, dit quelqu'un. Pourquoi ? Trente ans plus jeune. Va-t-on lire la nouvelle dans *Le Devoir*? Il avait de la gueule quand même. Qui aurait pu penser ! Toi, Pauline, tu aurais pu deviner une chose pareille ? Non, bien sûr que non. Elle retourne dans son bureau. Revoit le dimanche précédent, cherche la faille, l'indice. Une phrase, un mot, un geste. Rien. Aucun signe de défaillance physique non plus. Au contraire, une fougue juvénile, hardie, efficace. D'une technique impeccable. Une technique impeccable, répète-t-elle. Pas aimée, mais bien baisée.

Cahier bleu

2 mai

Ce style hachuré, pour exprimer la brisure, est-il efficace ? M'y sens peu à l'aise pourtant. Même mes poèmes, de regrettée mémoire, avaient plus de feu. Cela tient peut-être au fait que je ne ressens plus ma peine aussi vivement. Même si j'avais voulu rendre la scène avec plus de lyrisme, telle que je l'ai vécue, je ne pourrais pas. Quelque chose a séché, quelque chose est mort définitivement. Est-ce moi ?

3 mai

Pénibles journées. Sans savoir pourquoi, je me sens amorphe, déprimée. Même ma promenade au parc n'a pas fait lever le voile. Il faisait pourtant un temps magnifique, mais toute cette beauté, au lieu de me réconforter, m'accablait. J'étais là, assise sur un banc, et je pensais à la femme aux sacs verts. Quelle différence entre elle et moi ? Elle, au moins, sourit toujours, semblant poursuivre un songe heureux, lointain. Peut-être s'est-elle volontairement réfugiée dans un moment heureux de sa vie, refusant net d'aller plus avant ? Recluse dans un coin de sa tête où il y aurait eu jadis un peu de bonheur ? Un refus de vieillir ? Vie... illir. La vie qui s'étire tristement. Je n'avais aucune envie de rentrer et retrouver ce journal et ma pauvre littérature.

5 mai

Déprime persistante. Et il fait si beau! Me secouer. J'ai passé *cinq* heures devant la télévision. Des niaiseries divertissantes, qui reposent l'âme. Mais quel choc de voir cet auditoire presque entièrement féminin qui assistait à une émission de variétés de la fin de l'après-midi ! Des femmes de mon âge, ou plus vieilles, joyeuses et visiblement ravies d'être là. Et l'animateur homosexuel (un renseignement fourni par Yolande à travers son mari réalisateur) s'approche d'elles, les embrasse, leur fait du charme. Séduites et sottes. Et Yolande qui voudrait que j'assiste à une pareille émission ! Pitoyable masse humaine. Je l'écris, pour m'en démarquer.

6 mai

Promenade avenue du Mont-Royal où tous les passants me renvoient à l'image débile entrevue à la télévision, hier. Puis, au marché, j'aperçois M.M. avec une tuque de laine enfoncée jusqu'aux oreilles, un manteau marine mal coupé, des bottes éculées... M.M. si férocement intelligente et dont le dernier essai a causé un joyeux remous dans le monde journalistique. Qui, parmi ces gens, aurait pu se douter que sous cette apparence négligée se cachait un redoutable cerveau servi par une plume virulente ? Rien, mais vraiment rien ne la distinguait de la masse vulgaire. J'aurais aimé la saluer, lui parler même, mais elle n'aurait sans doute pas aimé être surprise dans ce relâchement. Et alors, me disais-je en revenant, moi qui projette une image si distinguée, je ne vais pas à la hauteur de sa cheville. Encore moins de son cerveau. Peut-être ne pense-t-on plus à ces futilités vestimentaires lorsqu'on écrit vraiment ? Mais j'ai déjà essayé la robe de chambre, sans succès. Et ce n'est pas demain que je porterai des jeans. Ainsi, malgré l'apparition de M.M. et sa leçon salutaire, il reste que le quartier ne m'inspire pas.

Je m'y sens dépaysée même si je sais que le secteur est envahi pas les « nouveaux intellectuels », ceux qui retournent aux sources et aux racines et « aux gentils logements pas chers » (que leur invasion a rendu inabordables). Leur arrivée massive n'a toutefois pas imprégné le Plateau d'une présence réelle. On dirait qu'ils vivent la fiction romanesque des écrivains M.M. et M.M. qui ont revalorisé ce quartier en en faisant le lieu de leurs romans. Croient-ils vivre la vie des personnages célèbres parce qu'ils ont emménagé près de l'Académie des Saints Anges ou de la Binerie du Plateau ? En fait, ces personnes sont tellement fictives qu'on ne les croise à peu près jamais. La rencontre de M.M. au marché est l'exception qui confirme la règle. Les autres ne dé-am-bu-lent par non-cha-lam-ment avenue du Mont-Royal qui ne tient en aucune façon les promesses liées à son nom prestigieux. Ceux que je croise sont ceux que j'ai toujours vus parce que nous sommes ensemble ici depuis toujours. Aussi, l'idée de déménager commence-t-elle à me trotter dans la tête. Ce décor m'est trop familier, il ne m'inspire pas. Comment arriverais-je à écrire quelque chose de grand, d'universel dans ce décor qui me renvoie aux mesquines dimensions de la quotidienneté, du familier, du commun ?

Pour arriver à décrire ce quartier, M.M. n'a-t-il pas dû le quitter d'abord ? De trop près, on ne voit rien. L'écrivain doit élargir sa vision du monde et, pour ce faire, prendre ses distances. L'empan de la mémoire englobe un champ plus vaste si on s'éloigne du passé. M.M. vit à Outremont et, de son vaste cottage, il a observé la rue Garnier comme personne ne l'avait fait. Un bourgeois ? Et alors ? Le cliché de l'écrivain famélique est périmé. La misère ne chante pas. La mienne non plus.

Suis-je misérable ? Apparemment non. C'est dedans qu'est le trou, le vide, oui, le vide. « Des cellules atrocement vides et qui hurlent de solitude », écrivait M.M. que je cite de mémoire. Je ne crois pas que les miennes, mes cellules, aillent jusqu'à hurler : c'est plutôt leur silence qui est inquiétant. Leur sécheresse. Encore cette détestable sensation de non-existence...

Et pourtant, je le répète, je me sens différente des autres, du troupeau bourbeux des piétons. Est-ce réalité ou pure illusion ? Se peut-il que je revendique un moi qui n'est rien ? Oh ! quoi donc transformerait ma vie moche en un acte plein, vivant ? Ma coiffure, ma démarche, mon élégance émergent du flot populaire, mais à part les oripeaux, qu'ai-je donc de remarquable ? Rien.

Le poids de mon insignifiance m'est insupportable. « Vous vous pensez fine ? » criait la méchante sœur. Maintenant, non, je me sens bête, je déteste la femme que je suis. Je la déteste d'être un quidam. Un fétu de paille confondu avec les bouffeuses de télé-quiz. Oh ! si je pouvais écrire, si j'arrivais à rédiger un texte qui donne de la couleur à ma vie blême !

Plus tard

Un peu honteuse de ma sortie contre le troupeau : qui suis-je pour oser vouloir me différencier ? Je me suis tout à coup rappelé la prière de Baudelaire : « Seigneur, donnez-moi la grâce d'écrire quelques beaux vers qui me prouvent à moi-même que je ne suis pas le dernier des hommes et que je suis un peu au-dessus de ce que je méprise. » (At-il écrit « de *ce* que je méprise » ou « de *ceux* que je méprise » ? À vérifier. J'opterais pour le « ce » qui est plus noble, et qui peut inclure un « ceux » astucieux.)

Quelle belle prière ! Jadis nous priions : Seigneur, apprenez-moi à me mépriser moi-même, vous qui résistez aux superbes et donnez votre grâce aux humbles. » Voilà, ma prière a été exaucée ! Je me méprise. Oh ! cette religion d'écrasés, d'anéantis volontaires ! Charles l'avait compris qui considérait ces oraisons démentes comme des invitations à l'abêtissement. Dieu, disait-il, nous avait voulus uniques, différents, fiers. Pas deux hommes sur terre qui ont eu et auront jamais la même constitution physique et spirituelle. L'épanouissement individuel serait notre premier devoir de reconnaissance. Il n'y a qu'un précepte : s'aimer. Aimer les autres est un *a posteriori*. Ses explications avaient pourtant un côté *pro domo* agaçant...

Je préfère la pureté de Baudelaire, son humilité en quelque sorte. Mais je ne suis pas Baudelaire. N'empêche : aurais-je retenu cette phrase si je ne l'avais prise à mon propre compte ?

Je reviens à ces « cellules atrocement vides » de M.M. dont chaque livre, comme une pierre bien taillée, édifie une œuvre lente et réfléchie, solide, lourde de réflexions et pas du tout populaire, encore moins célèbre. Il se moquait volontiers de lui-même : « Avez-vous un garde du corps pour me protéger contre mes admirateurs quand je sortirai d'ici ? » demandait-il en riant. (C'est lui le « je ris, je ris si fort ».) Je tentais de l'encourager. « Mais vous êtes connu, respecté. » « Respecté ? qu'est-ce que c'est que ça ? Je veux être lu, dévoré, haï, honni, choyé, pris. Moi, je suis maso, un écrivain quoi ! Ai-je du talent, oui ou non ? Ou seulement de l'obstination ? Si je savais faire autre chose, je n'écrirais peut-être pas, après tout ? Mais je crains d'être un malade chronique. Je suis malade, complètement malade ! chante l'autre. Mon cancer prolifère dans l'indifférence générale. Dites-le-moi, Judith, croyez-vous que je puisse écrire un best-seller dans ma phase terminale ? » « Personne ne vous demande un best-seller. » « Personne ne me demande rien et je continue à donner. Par accoutumance. C'est ce que je crains par-dessus tout. Un autre *addict* de l'écriture qui pond jusqu'à ce

que mort s'ensuive. Je vais prendre une année sabbatique, tiens. Une cure de guérison. Ne plus écrire un seul maudit mot et m'obliger à lire toutes les nouvelles parutions. Vous ne croyez pas que ça puisse être un bon remède ? De l'homéopathie. Guérir le mal par le mal. Et je suis assuré que personne, absolument personne, ne remarquera ma disparition de notre prestigieux empyrée culturel. Comme souvenir, je vais faire encadrer mon diplôme officiel d'appartenance à cette noble académie : le chèque de onze dollars, onze ! de droits d'auteur pour mes deux derniers livres ! Mes *derniers*, entendez-moi bien, Judith ! Vous êtes témoin de mon redressement moral ! »

M.M., je le parierais, ne tiendra pas sa résolution de ne plus écrire. Même déçu de l'accueil du public, il doit sûrement garder au fond de lui-même une sorte de fierté, de joie. Et qui sait si la froideur de cette réception n'ajoute pas à sa détermination ? Je serais si heureuse à sa place ! Que Yolande, Claude, Fernande et les autres ne me comprennent pas, quelle douce revanche sur leur incurable platitude ! C'est d'être comprise qui m'effraierait. Par ailleurs, je souhaiterais qu'ils comprennent. Ciel que c'est difficile ! Je ne sais plus où j'en suis.

Plus tard

Ai repensé à tout cela : l'inquiétude de Baudelaire, la déception de M.M., l'assurance de Charles, ses discours lénifiants que je buvais... Je ne me retrouve en aucun d'eux. Plus j'aligne de mots, plus j'éprouve la ténuité de ma texture intime. L'impression non de tisser, mais de rabibocher une vieille étoffe élimée.

7 mai

Suis entrée ce matin à l'église du Saint-Sacrement où quelques personnes étaient agenouillées, recueillies, pénétrées de ferveur, de foi. Elles m'ont fait envie. J'ai prié : « Seigneur, je ne vous demande même pas la grâce de quelques beaux vers mais simplement de croire que vous existez. » Je suis sortie aussitôt et je me suis sentie seule comme jamais.

La solitude... Suis-je affigée de solitude ? En ce cas, j'aurais tort de me plaindre : n'est-ce pas elle qui a arraché les cris les plus beaux et les plus puissants aux écrivains ? Quel autre thème les a davantage inspirés ? Aucun. Quoi de plus poignant en effet que cette tentative de dire l'irréductible séparation !

94

Ce besoin que j'ai de m'exprimer ne serait-il pas le fait de ma solitude intérieure, de ce qu'elle m'apprend ? Quand je me sens différente des autres, quand je redoute de leur ressembler, n'est-ce pas ma solitude qui crie sa différence, sa singularité ? Mieux : ma solitude n'est-elle pas le lieu de ma différence ? Comment dire ? Je reprends : je souffre de me sentir différente. Je dois assumer cette douleur qui porte le beau nom de solitude. Et la solitude est riche. Solitude = être = écriture. Voilà ! Je me sens légère, je me sens forte. Solitude, lieu privilégié de la création ! Quand même j'écrirais que je n'existe pas, je commence à exister, à l'instant même.

Ainsi, cette autre phrase que je commence ici n'existe pas encore, je peux la poursuivre en parlant de ma mère, de mes sœurs, de Charles, je peux l'emmener se promener avenue du Mont-Royal, la faire revenir ici, où elle dirait ma joie de comprendre enfin, d'exister, de pleurer si je veux, car tout est permis à cette phrase faite à partir de rien et qui se déroule d'elle-même et qui m'emporte maintenant ailleurs, très loin, en France, non, pas dans les Pyrénées, mais à Paris, là où tous les noms chantent, Saint-Germain-des-Prés, place de la Madeleine, rue Saint-Grégoire-de-Tours, une phrase qui se promène dans les rues étroites et me fait monter dans une chambre, sous les toits, où elle continue à parler, à dire que j'existe dans la Ville Lumière et que j'écris et que c'est beau autour de moi et que je suis belle parce que je vois tout cela, je le reçois, je l'assimile, j'en fais ma chair, mon sang, ma mémoire, mes souvenirs, et que ma vie n'est rien d'autre que cette fusion bienheureuse d'un milieu et d'un être dans une symbiose fructueuse, riche, créatrice infiniment jusqu'au dernier souffle, si bien que la mort n'arrive jamais puisqu'en aucun temps elle ne pourra détruire l'impérissable trésor d'une œuvre créée à partir de ce rien qui est tout et qui s'appelle la vie, même si parfois elle...

Malheur, le téléphone !

À Paris, je n'aurais pas de téléphone.

Mon plaisir a chuté. J'étais en pleine écriture libre et il me semble que j'aurais pu continuer des heures. Jusqu'où cette phrase – qui n'existait pas il y a trente minutes – ne m'aurait-elle pas emmenée ? J'allais faire un si beau voyage ! Et Yolande m'interrompt pour me demander si je voulais aller chez Eaton ! La pauvre. Elle croit que je m'ennuie. Comment pourrait-elle imaginer que je suis en compagnie de villes, de personnages, de rêves même qui sont plus réels que ses rideaux, sa Mazda, son bungalow ? Moi, m'ennuyer ? Je suis transportée dans un monde de richesses inépuisables, indestructibles. Je vis. J'existe. Une extraordinaire sensation. Merci à la solitude.

Cahier rouge

Une semaine avant Noël, le patron est entré dans mon bureau et m'a dit : « Vous avez l'air fatigué depuis quelque temps, Pauline, ça ne va pas ? » Je n'ai rien su lui répondre tout de suite, partagée entre le plaisir qu'il me faisait en s'informant de ma santé et le déplaisir de paraître vieille car, à mon âge, je sais très bien que « l'air fatigué » n'est qu'un euphémisme poli qui cache tout plein de rides dans sa fausse compassion. D'ailleurs, en vingt ans, M. Sanchez m'a rarement fait des commentaires de ce genre. Parfois, oui, des compliments sur mes vêtements, leur élégance, mais jamais lorsque je portais le pantalon même si celui-ci m'allait très bien, tout le monde le disait, car j'ai les fesses petites et bien cambrées. Ses compliments concernaient les jupes auxquelles j'étais revenue, comme tout le personnel féminin du bureau, et que je n'ai jamais portées courtes car je trouve ce genre vulgaire. Lise, sa secrétaire, les portait, elle, à mi-cuisses. Elle avait peut-être de jolies jambes mais l'ensemble laissait poindre une touche de vulgarité que je désapprouve, secrètement bien entendu, car jamais, c'est un principe que j'ai toujours su garder, je ne fais de commentaires sur qui que ce soit, au bureau. Je suis, je m'en flatte, une parfaite employée. Le bouquet que j'avais reçu lors de la journée des secrétaires – même si je suis rédactrice – confirme cet énoncé qui pourrait paraître prétentieux : j'avais reçu un œillet de plus que les autres. Je ne les avais pas comptés : c'est M. Sanchez qui me l'a fait remarquer. Un fait sans grande importance mais qui me revenait à la mémoire au moment où Sanchez s'inquiétait de mon air las. Mon intuition, qu'il appréciait tant (« Faites lire cette lettre à Pauline, elle découvrira bien ce qui se cache là-dessous. »), m'a vite fait faire le rapprochement entre la fleur de plus et les années de plus...

Le patron commença à parler du travail en général, décrivant les nouvelles méthodes de production, l'arrivée des ordinateurs, le changement radical de la mise en marché, etc., pour finalement dire la chance de ceux qui se retiraient de ce monde compétitif pour enfin jouir de la vie. Comme il les enviait ! Son rêve, m'apprit-il, était de se retirer à la campagne et d'écrire des poèmes. Qu'il portait ce rêve depuis toujours, « je vous l'avoue humblement, mais après vingt ans de collaboration ne sommes-nous pas de vrais amis ? » C'était un rêve tenace, puissant, qu'il devait néanmoins reporter sans cesse à cause de ses obligations familiales et professionnelles. Homme loyal avant tout, il ne pouvait quitter cette maison avec ses quinze employés et leurs familles. Sans compter les divers emplois connexes engendrés par les éditions : distributeurs, attachés de presse, vendeurs, critiques. « Le monde change, disait-il, jadis on publiait un livre et on le déposait en librairie. Quelques personnes l'achetaient, oh ! très peu, mais tout le monde était content : l'auteur, l'éditeur, même le lecteur... C'était le bon temps. Une vraie famille élargie. Un rythme humain. Hélas, cette époque est révolue et il faut être de son temps. Suivre le progrès ou être écrasé par lui. Je trouve ça dur, très dur. Si je pouvais me désister sans être lâche – car ce serait une lâcheté, je vous l'ai dit, d'abandonner toutes ces personnes à bord et de quitter le bateau –, je m'en irais à la campagne et j'écrirais, enfin libre de mon temps, de mes plaisirs. (Une pause.) Vous n'avez pas cette sorte de rêve, Pauline ? Vous m'avez déjà parlé, il me semble, de votre envie d'écrire, c'était même la raison qui vous avait fait chercher du travail chez un éditeur. Vous n'avez pas déjà renoncé à votre rêve, n'est-ce-pas ? » (Il dit « déjà » comme si j'avais trente ans.)

— Mon rêve ? Mon Dieu, il y a longtemps que je n'y pense plus.

— Je n'en crois rien ! Vous êtes trop... trop

idéaliste. Allez ! je vous connais bien, nous sommes un peu semblables tous les deux. Non, ne protestez pas, je vous ai bien observée durant toutes ces années. Combien de fois n'avez-vous pas travaillé tard le soir pour corriger un manuscrit qui vous tenait à cœur ? Avec combien d'auteurs n'avez-vous pas lutté pour qu'ils donnent le meilleur d'eux-mêmes, comme vous disiez ? Cela, avec une patience, un zèle, une attention qui ne s'explique que par l'amour de la littérature...

J'avais levé la main en signe de (légère) protestation et il continuait sur sa lancée :

« Et quand on est en amour à ce point, il est à peu près impossible de ne pas... (il pensa « se mouiller », mais écarta vite le mot obscène) de ne pas... s'engager plus à fond. »

Puis, avec un air de taquinerie stupide, il ajouta : « Allons, Pauline, vous pouvez bien m'avouer à *moi* que vous aussi écrivez des vers... »

— Bien sûr, comme tout le monde, j'ai risqué quelques rimes...

Il leva vivement la main en même temps que son cul du siège et s'écria :

— Comment pouvez-vous dire « comme tout le monde » ? Vous n'êtes pas comme tout le monde! Vous avez une sensibilité... (pause) une finesse que moi, en tant qu'éditeur, j'ai su remarquer. Vous m'accordez ce flair au moins ?

Je souriais, mi-ravie, mi-sceptique.

« Oui, j'ai toujours décelé en vous, dans vos relations avec les auteurs, une extraordinaire... (il hésitait, se rendait compte qu'il fallait en venir au point avant que son vocabulaire ne soit épuisé) une extraordinaire pénétration d'esprit. Oui, extra-or-di-nai-re », répéta-t-il en détachant les syllabes. (Oh ! si sa secrétaire pouvait donc prétendre qu'il a un appel urgent. Comment en venir au point maintenant ? Il aurait mieux fait d'envoyer une lettre qu'il n'aurait eu qu'à signer. Je suis venue à son secours, comme à l'accoutumée.)

« Et pourquoi me dire tout cela aujourd'hui, M. Sanchez ? » C'était lui enjoindre de montrer son jeu : du coup, il abaissa une suite royale de piques :

« Parce que, je vous l'ai dit, nous procédons à une réorganisation complète de la maison pour être plus compétitifs. C'est une véritable révolution technologique et nous sommes conscients qu'il sera difficile à nos plus anciens employés de s'adapter à ce changement radical. Aussi avons-nous pensé que, plutôt que de vous renvoyer brutalement à l'école, il existait une solution plus humaine, plus logique... Une retraite anticipée avec, bien entendu, des compensations financières importantes . »

J'avais détourné la tête et regardé dehors pour

ne pas le gêner davantage puisqu'un tel coup devait être très difficile à porter. Il reprit : « Bien entendu, vous n'êtes pas obligée d'accepter, mais nous vous offrons la chance de vivre sans travailler, sans travailler de neuf à cinq bien entendu, car je suis certain que vous écrirez. Et qui sait si ce n'est pas nous qui publierons votre premier livre ? »

Depuis un mois, Pauline n'a cessé de penser à ces dernières paroles : « qui sait si ce n'est pas nous qui publierons votre premier livre ? » C'était comme la petite phrase obsédante d'une musique qu'elle fredonnait jusqu'à ce que l'éblouissante couverture jaune des Éditions du Midi éclate comme un coup de cymbales avec son nom tout en haut de la page, et, au milieu, le titre de l'ouvrage...

Cahier bleu

9 mai

En écrivant « titre de l'ouvrage », j'ai eu un blocage. La plupart des auteurs affirment ne trouver le titre qu'une fois l'ouvrage terminé. Quelques-uns, par ailleurs, en font une pierre d'angle sur laquelle ils édifient le roman. Qui a raison ? Tous et chacun. Mais qu'est-ce que j'en pense, moi ?

À vrai dire, rien. Primo, je n'ai pas de titre ; secundo, si j'en trouve un dès maintenant, je devrai m'y ajuster, ce qui m'aiderait et me gênerait à la fois.

En y réfléchissant, je crois que cela m'aiderait plutôt. Je saurais où je vais. Où Pauline va. Je ou elle ? J'ai déjà envisagé cet autre problème des prénoms personnels mais dans l'abstrait, alors que maintenant il se pose d'une manière cruciale, concrète. Incapable de choisir, j'ai introduit le elle à la fin du dialogue entre Sanchez et moi. Est-ce trop artificiel ? Les autres écrivains butent-ils sur d'aussi insignifiants détails ? Non, cette difficulté n'est pas insignifiante, car si je pars de travers, tout sera croche. Je dois me décider, bien m'aligner.

Mais un écrivain doit-il ainsi trancher ou n'est-ce pas plutôt son inspiration qui le porte naturellement vers une forme précise qui s'impose d'elle-même ?

Rien de tel ne me sollicite – ou plutôt si : je choisirais spontanément le je. Mais Sanchez hait le je ; et puis ma famille sauterait dessus avec avidité et hargne.

Celle-ci a-t-elle le droit de bloquer mon élan ? De décider de ma création ? D'influencer ma manière ? Un écrivain qui n'est pas libre, est-ce un écrivain ? Ceux que j'admire sont ceux qui ont osé, qui ont défoncé le cadre attendu par la société bien pensante, ceux qui n'ont pas simplement décrit la vie mais qui l'ont fait exploser de l'intérieur. Ceux qui ont refusé d'emboucher les trompettes populaires pour les briser net contre le roc de l'hypocrisie et qui se sont mis à chanter, à crier avec leurs propres tripes. J'aime leur violence, leur rage et leur courage. Ah! que j'aimerais leur ressembler! Le récit du congédiement de Pauline me paraît tellement fade! Étais-je vraiment ainsi, courtoise, effacée, abominablement gentille et douce et niaise? J'avais plus de feu, il me semble – mais le dimanche seulement? Je ne peux croire que j'ai été aussi bonasse, et pâlotte cinq jours d'affilée. Comment pourrais-je arriver à écrire un livre passionnant à partir d'un aussi ennuyeux personnage?

10 mai

Tout se bouscule dans ma tête, il faudrait que j'emporte mon cahier partout avec moi pour y noter chaque inspiration... Je vais essayer de reprendre quelques-unes, mais quelques-unes seulement des pensées qui m'assaillaient – il n'y a pas d'autre mot pour exprimer la force, le nombre, la vitesse de leurs mouvements – alors que j'étais assise sur *mon* banc au parc Lafontaine... Car j'ai *un* banc maintenant, si bien qu'entre autres nombreuses pensées, je me suis dit : « Tiens, voilà mon endroit privilégié de création. D'autres ont un lac, une chambre, un bar, un lieu précis qui les inspire particulièrement ; eh bien, moi, j'ai un banc public. J'ai même pensé que ce serait une erreur de déménager, maintenant que j'ai mes habitudes de travail. Je ferai un voyage peut-être, mais seulement après avoir achevé mon livre. « Il faut que je me donne des échéances, disait M.M., autrement je ne termine jamais. En réalité, rien n'est jamais vraiment terminé, ajoutait-elle. Il faut tout de même en venir à un point final. Après, on recommence un autre livre, le même bien souvent. »

Je ne veux pas encore parler des autres, mais m'en tenir à mes très personnelles réflexions. Essayons de démêler cet écheveau.

D'abord je ne devrais pas rejeter la Pauline-de-neuf-à-cinq sous prétexte qu'elle est ennuyeuse. « Il n'y a pas de sujets ennuyeux, il n'y a que des écrivains maladroits. » Il faudra me dire cette évidence chaque fois que je dédaignerai Pauline. Est-elle si bête ? Non, il m'incombe de la faire vivre de l'intérieur. Voici que j'en parle maintenant comme d'une personne « autre », séparée. Devrais-je donc revenir à la troisième personne ? Pauline est-elle encore moi ou n'est-elle pas devenue un vrai personnage ? Je le crois. Ô bonheur !

105

J'oublie les autres idées qui m'ont traversé l'esprit, je les oublie volontairement. Je reste avec *la* Pauline, cette vieille fille de malheur-bonheur. Qu'a-t-elle à me dire maintenant ? Je cours vite l'écouter.

Cahier rouge

L'idée d'écrire (et le rêve d'être publiée) s'était donc ancrée dans l'imagination de l'ex-secrétaire. Mais n'écrit pas qui veut ; vingt ans de fréquentation quotidienne des écrivains de tout acabit lui avaient permis de constater combien nombreux sont les appelés et rares les élus. Cette connaissance pratique des échecs si largement encourus ne lui enlevait toutefois pas l'espoir de les éviter et d'accéder à une réussite tardive mais probante.

Aussi, chaque jour, avec la ferveur d'une dompteuse, elle s'asseyait à sa table pour affronter les démons de l'écriture dont elle savait qu'ils ne se laissaient pas aisément apprivoiser. Depuis longtemps rompue à la discipline du neuf à cinq, elle pouvait rester à sa table des heures durant, sans fatigue, avec plaisir même, tendue vers son idéal, parfaitement concentrée, oublieuse de tout ce qui l'entourait. Trop oublieuse peut-être ? Ce qui l'entourait n'était-il pas la vie ? Pauline n'en avait cure : sa vie, c'était l'écriture. Le reste, avant ou après, n'existait pas.

Pauline n'ignorait pas que sa ferveur renvoyait à une autre époque. Du reste, l'aurait-elle oublié que sa sœur Rollande le lui aurait vite rappelé, elle qui juge les « littéraires » comme une espèce en voie d'extinction. Chaque fois que Pauline vantait un ouvrage récemment sorti aux Éditions du Soir, sa sœur rétorquait : « Mais enfin, Pauline, tu ne te rends pas compte du " démodé " d'un livre ? C'est fini tout cela, dépassé. La télévision, les films, les vidéos, voilà la nouvelle littérature. On dirait, ma pauvre Pauline, que tu ne vis pas dans la réalité. Ça me fait penser: quand donc changeras-tu ton mobilier ? Il faudrait que tu reviennes au monde, ma chère, au monde d'aujourd'hui. Je t'emmène chez Ikea si tu veux. Il y a des lampes qui rendent malade. Des italiennes halogènes. Et des tables pas possibles. Tiens, je pense que je vais rajeunir mon salon au printemps. » On rajeunit ce qu'on peut, pensa Pauline.

Cahier bleu

14 mai

Après avoir laissé dormir mon texte durant quelques jours, je l'ai relu ce matin. Moment pénible, déprimant, que je dois éclaircir. Puisque

que personne ne me lit, personne ne peut me dire si c'est « ça » ; étant la seule juge, je dois être lucide : je le serai. Il me semble – mais à quel moment ? – que j'erre. Or il faut que je garde le contrôle de ce que j'écris – non, pas le contrôle qui m'apparaît détestable surtout dans la phrase : « Trop oublieuse peut-être ? Ce qui l'entourait n'était-il pas la vie ? » Voilà une intrusion maladroite de l'auteur qui conteste la liberté de Pauline et son droit strict de faire ce qu'elle veut. Je réfléchis à sa place, je discute la valeur de sa décision. C'est là une réflexion moralisante imposée de l'extérieur et tout à fait immorale en quelque sorte puisque le personnage doit rester libre, absolument. Libre de son auteur surtout, ce despote que je suis car voilà que Pauline est redevenue moi, qu'elle s'est mise à écrire! Je l'ai récupérée, mine de rien. Or je ne veux pas que Pauline écrive ! Le roman du roman qui s'écrit, Sanchez en a par-dessus la tête. À enlever.

Plus loin, *il est écrit* – voilà une belle neutralité – que « tout le reste avant ou après ne la concerne pas ». Quelle maladresse que de la figer ainsi dans un présent immobile en bloquant toutes les échappées possibles vers le passé ou l'avenir ! Momifiée d'avance. Pauvre Pauline.

Pauvre moi, car ce n'est pas l'aujourd'hui que je veux dire mais l'avant-retraite. Le temps de

Charles et de Pauline, leur étrange amour. Pas cette Pauline retraitée écrivant gnan-gnan sur son « vécu » et qui m'agace au plus haut point. J'ai dévié encore une fois : elle a dévié. Ce que je retiens d'elle – ces pages ne sont donc pas tout à fait inutiles –, c'est son horaire strict, encore qu'il soit exagéré. Suivre sa discipline mais non ses excès ; prendre exemple et m'obliger à des heures de travail fixes.

N'empêche que je trouve artificiel d'arrêter d'avance les moments voués à l'inspiration, surtout que je suis presque tout le temps en transe – avec des moments privilégiés sur mon banc. Hélas, les enfants sont sortis avec les bourgeons et, la dernière fois, leur turbulence, leur grossièreté, leur dureté m'ont empêchée de poursuivre ma méditation. Je me souvenais de mon avortement que je n'ai jamais regretté, si ce n'est en de très rares moments. Était-ce même un regret ? Plutôt une sorte de curiosité (à qui aurait-il ressemblé ?), mais ces minces rappels ne s'appuyaient sur aucun sentiment de vraie tristesse. Ils suivaient d'ordinaire les téléphonages de Yolande qui n'a jamais cessé de me prêcher les bénéfices du mariage – dont les enfants – comme pour se rappeler à elle-même des acquis qu'autrement elle risquerait de mettre en doute et dont ses deux dépressions disent assez la précarité. Ses remarques acides sur mon célibat ont toujours laissé percer tellement de jalousie qu'il ne m'apparaissait pas nécessaire d'ajouter à sa rancœur en proclamant trop haut mes plaisirs de célibataire. Combien mes fautes toutes plus inavouables les unes que les autres, « entachées de chair », les auraient horrifiés quand, déjà, ils critiquaient mon égoïsme, mes temps libres, mes dépenses, enfin tout ce qui échappait à leur contrôle et qui n'entrait pas dans leur code de bonheur patenté.

Cette longue parenthèse m'a éloignée de mon sujet mais elle m'a néanmoins fait entrevoir une autre avenue, un autre avenir pour Pauline. Pourquoi, au lieu de la laisser se morfondre devant sa page désespérément blanche, ne l'emmènerais-je pas à goûter-dire-proclamer les joies de son état (quitte à en inventer) pour confondre sa famille – qu'elle haïrait ?

Personnellement, je ne déteste pas ma famille en tant que telle, non, je ne la crois pas pire que les autres ; ce sont ses jugements, ses intrusions dans ma vie, son perpétuel contrôle que j'ai en horreur. Laissez-moi vivre ma vie ! ai-je toujours envie de crier. Donc mettre Pauline en « situation familiale » comme ils disent dans leur jargon.

On verrait : Pauline retraitée radieuse. En contrepoint la famille Grignot : Yolande, grignotée ; Claude grignotant femmes, olives, martini, balles de golf ; enfants grignotant chips, télé et parents. Finalement, Pauline n'aurait pas tort de s'enfermer dans l'instant, *son* instant. Il y a là un filon que je devrais exploiter. Que je vais exploiter illico. (Comment arriverais-je à établir un horaire strict quand l'éclatement se produit n'importe quand, ainsi que je le disais ? En voilà bien la preuve.)

Cahier rouge

Rollande téléphonait à Pauline au moins cinq fois par jour, non qu'elle eût quelque chose à dire mais elle avait quelque chose à passer : le temps, sans tenir compte en aucune manière de la double dépense de minutes qu'elle occasionnait ainsi. D'ailleurs, y aurait-elle pensé qu'elle s'en serait félicité : Pauline, depuis sa retraite, n'avait-elle pas, elle aussi, de longues heures creuses devant elles, pour s'ennuyer ?

— Je ne m'ennuie jamais, protestait Pauline.

— Mais alors, que fais-tu donc ?

Surtout ne pas dire qu'elle écrivait. Cette secrète activité eût été vite ridiculisée comme une ultime tentative de se singulariser. N'était-elle pas déjà assez singulière à leurs yeux ?

— Ce que je fais ? Mais rien, ma chère Rollande, et c'est *délicieux,* répondit-elle en détachant chacune des syllabes.

— On sait bien, toi, tu n'as pas à préparer de

dîner pour les enfants, le mari, tu as l'habitude de tes aises, tu sais en profiter.

Pauline l'interrompant :

— Tu me reproches de ne pas m'ennuyer et, il y a cinq secondes, tu craignais le contraire.

— On ne sait jamais quoi penser à ton sujet.

— Mais je ne te demande *surtout* pas de penser quoi que ce soit à mon sujet ; au contraire: moins tu penseras, mieux je serai.

— Je ne pense rien, je m'inquiète tout simplement. Comme une sœur. J'ai du cœur, moi.

Trois phrases, trois reproches, pense Pauline qui a enchaîné :

— Et moi, je n'ai pas de cœur ?

— Je n'ai pas dit ça.

— Tu l'as laissé entendre : on appelle ça des insinuations malveillantes.

— Tu m'en diras tant ! Dommage que tu n'aies pas d'enfants, tu pourrais leur transmettre ta culture. Mais moi, que veux-tu, je ne suis qu'une mère, pas une docteure en lettres.

— Je ne suis pas docteur et tu le sais parfaitement! Je n'ai jamais pu finir mes cours parce que j'ai dû travailler, moi.

— Et tu ne crois pas que moâ, j'ai travaillé ?

— Tu as choisi de te marier. Ce n'était pas là un travail, mais une vocation comme on disait jadis.

112

— T'oublies que c'est un travail quand même.

— Je le reconnais. Et bien payé en plus. Tu peux changer de mobilier de salon au moins trois fois par décennie.

— Tu te mêles de mes affaires maintenant ?

— Comme une sœur. J'ai du cœur.

Cahier bleu

15 mai

J'ai interrompu le dialogue entre les deux sœurs; il ne paraissait pas assez étoffé pour que je l'inclue dans un roman. N'en suis pas déçue toutefois car j'ai pensé combien de telles répliques s'inscriraient facilement, naturellement, dans une pièce de théâtre. Jamais encore je n'avais songé à m'aventurer dans cette avenue littéraire. « Ô combien sont fertiles et nombreuses les voix / voies de l'écriture ! » s'écriait M.M. en déclamant l'annuaire téléphonique d'une façon si théâtrale et si drôle. Grâce aux intonations de sa voix, à son rythme, à son débit, elle faisait rire, s'interpeller, s'attrister, s'énamourer, les inscriptions. On aurait dit des milliers de personnages qui attendaient en coulisses le cri d'un metteur en scène génial qui les aurait fait vivre.

Le théâtre ! quelle excitation ce doit être pour un auteur. Le public présent, sous la main pour

113

ainsi dire, qui réagit immédiatement. La fièvre, l'attente, les répétitions, le noir de la salle, la scène, les comédiens, le rideau, il n'y a pas un mot se rattachant au théâtre qui ne soit chargé d'émotions fortes. Magie véritable d'une écriture qui s'incarne sous les yeux en chair et en os.

J'écris : « L'homme sort du salon en vitesse et se précipite vers la chambre » et, ô miracle, un homme réel sort du salon et court vers la chambre. Un chat, visiblement offensé par les mouvements trop brusques de la personne (une vraie personne bien plus qu'un personnage), quitte son fauteuil et traverse la scène...

Non, un chat ne pourrait jouer cette séquence soir après soir : le théâtre a quand même ses limites : le roman, non. Mais le théâtre doit apporter de si grandes satisfactions, une si flatteuse reconnaissance, comme ce bouquet qu'on offre à l'auteur le soir de la première. Cette coutume ne se pratique peut-être plus (je n'ai assisté qu'à une première, le soir où Charles m'avait cédé le billet qu'on lui offrait toujours pour qu'il « rehausse de sa présence » les soirées de gala) mais j'y vois le symbole de tous les honneurs rendus aux dramaturges. Oh ! voir mon nom sur une affiche, entouré de grandes vedettes, être invitée à la télévision et surtout, surtout, voir la tête de Claude-l'obscur dans la cabine de la régie ! « C'est ma belle-sœur»,

114

dirait-il. Ou plutôt non, il ne dirait rien. Ou alors des vacheries : « Cela s'appelle une vocation *très* tardive », ou « Depuis le temps qu'elle nous fait chier avec sa littérature ». Cela en supposant que ma pièce soit un succès. Si c'était un four? Je préfère ne pas y penser. Travailler plutôt.

Cahier rouge

LES DEUX SŒURS
pièce en un acte

Décor : La scène est divisée en deux parties par une cloison. À gauche, l'appartement de Pauline, vieillot mais rassurant : meubles canadiens authentiques ; table, chaises, armoire. Une bibliothèque occupe un mur. *Deux* plantes vertes, pas plus (elle ne fait pas du tout dans l'hydroponique). Quelques tableaux abstraits. Deux lampes très sobres. Elle est assise à sa table (dictionnaire et cendrier) et écrit.

Sonnerie du téléphone noir.

À droite, le salon de Rollande. Résolument moderne. Inutile de le décrire puisqu'il doit être du dernier cri. Ce sera donc l'année de la représentation de la pièce qui réglera le décor. En 1989, par exemple, on aurait vu des fauteuils de cuir noir, des blocs de verre, des tapis blancs, des lampes halogènes, etc. En 1992, il se pourrait que le décor *doive* être japonais. Suivre la mode.

Rollande porte un déshabillé et Pauline un pull et un pantalon. Les deux ont à peu près le même âge, la cinquantaine, mais Pauline fait nettement plus jeune.

Reprendre le dialogue déjà écrit. Suite :

ROLLANDE : Tu te moques toujours de moi, tu me ridiculises, tu ne comprends rien.

PAULINE : Et que devrais-je comprendre ?

ROLLANDE : Que ma vie, malgré les apparences, n'est pas aussi drôle que tu le crois.

PAULINE : Mais je n'ai jamais cru une seconde que ta vie était drôle. Plutôt triste même.

ROLLANDE : (*agressive*) : Qu'est-ce que tu veux laisser entendre ?

PAULINE : Rien, je ne trouve pas ta vie drôle, c'est tout. Autrement dit, je ne t'envie pas.

ROLLANDE : Oui, ce serait bête d'envier tout le travail que j'ai. Avec une famille, on n'en finit jamais : les courses, le ménage, les repas, la surveillance des enfants, les sorties...

PAULINE : (*l'interrompant*) : Que tu aimes particulièrement.

ROLLANDE : Il faut bien se distraire de temps en temps !

PAULINE : Je te l'accorde, mais tu places tes sorties dans l'énumération des corvées.

ROLLANDE : Ça, c'est bien toi ! Je ne suis pas capable de dire quoi que ce soit sans que tu cherches la bête noire. Tu critiques toujours.

PAULINE : Je ne te critique pas. C'est ton discours, enfin, ta façon de parler qui me paraît confuse.

ROLLANDE : Confuse ? Tu me compares à maman maintenant ?

PAULINE : Rollande, tu le fais exprès.

ROLLANDE : Mais c'est toi qui attaques.

PAULINE : Je n'attaque pas, j'essaie de voir clair là où toi tu te refuses de le faire ; tu mets tout dans le même panier sans chercher à trier le bon et le mauvais. À moins que ce ne soit toute ta vie que tu rejettes ?

ROLLANDE : Tu es folle, non ? J'ai un bon mari, de bons enfants, une bonne maison...

PAULINE : Un bon bonheur, quoi. Alors de quoi te plains-tu ?

ROLLANDE : Je ne me plains pas, je suis simplement fatiguée.

PAULINE : Mais fatiguée de quoi ?

ROLLANDE : C'est mon âge, j'imagine.

PAULINE : Tu es plus jeune que moi.

ROLLANDE : Oui, mais je suis usée. Le *burn out* de la ménagère, crois-tu que ça existe ? Claude prétend que non. Nous, les femmes, nous serions à l'abri.

PAULINE : Ce pourrait être l'abri qui te pèse, justement.

ROLLANDE : Tiens, ça recommence. On dirait que tu veux absolument me faire dire que tout ce que j'ai ne vaut rien. Ne serais-tu pas jalouse ?

PAULINE : Je t'ai dit *tout à l'heure que je ne t'enviais pas.*

Cahier bleu

17 mai

Impossible d'emmener le dialogue des deux sœurs dans une direction précise, de lui donner un sens puisque nous tournons ainsi en rond sans jamais aboutir ailleurs que dans le renforcement de notre incompréhension mutuelle. Je suis égoïste, elle pas ; elle travaille, moi pas ; j'ai des loisirs, elle pas ; etc. Il suffirait que je lui dise que je suis malheureuse pour qu'aussitôt elle se réjouisse. Mais de tant m'éloigner de la réalité ne me paraîtrait pas souhaitable puisque c'est la réalité que je voudrais restituer. Est-il possible de rendre intéressante une si effrayante médiocrité ?

Quand je plonge dans ce qui m'entoure, je ne rencontre que du petit, du triste, du moche. Comment écrire quelque chose d'un peu grand quand on n'a que du nain sous les yeux ?

M.M. écrirait : « Quand on n'a que du nain

sous la main », mais je me méfie de ces trop faciles sonorités qui distraient du sérieux d'un propos. Les mots sont trop graves pour qu'on en joue. Les mots sont trop graves pour qu'on en joue... Voilà encore une phrase sentencieuse qui ne correspond pas du tout à ma pensée... profonde ! Serais-je en train de me prendre terriblement au sérieux ? Que l'écriture me rende sombre et grave et porteuse de messages lourdissimes ?

Je dois reconnaître que la grande littérature, celle consacrée par les prix Nobel par exemple, n'est jamais amusante. L'usage de la gaieté semble peu recommandable. Le rire n'a pas de lettres de noblesse et, s'il lui arrive d'entrer dans un livre, c'est en marginal. Je ne dois donc pas m'étonner que la tentation de la gravité m'effleure puisqu'elle est la voie littéraire par excellence. « Les chants les plus tristes sont les chants les plus beaux. Et j'en sais de divins qui sont de purs sanglots. » Si je change pour : « Les chants les plus drôles sont les chants les plus beaux. Et j'en sais de divins qui sont très rigolos », je vois d'un seul coup la chute du sublime dans le ridicule. Qu'est-ce que la littérature ? » demandait Sartre (à mon avis un exemple parfait de sérieux consacré). « Une jeune fille bien rangée », répondrait Simone de Beauvoir. Voilà comment le sérieux me quitte. Peut-être n'ai-je pas les qualités intellectuelles pour le soutenir ?

Charles, pourtant, me trouvait intelligente. Comme j'en étais flattée, je n'ai jamais cherché à approfondir le sens du qualificatif « pratique » qu'il ajoutait. « Vous avez une intelligence pratique », disait-il. Celle qui sait cuire un roastbeef à point, aménager un horaire commode, jouir sans culpabilité ? Une intelligence pratique peut-elle écrire ? Ou ne sait-elle que bien lire les textes des autres ? Je ne serais qu'une lectrice attentive, intelligente ? « Et pourquoi pas ? » s'écriait M.M. qui se disait un auteur en quête de lecteurs.

— Bien lire n'a jamais empêché personne d'écrire, que je sache.

— Vous avez tort, protestait M.M., la plupart des auteurs ne lisent pas les livres de leurs confrères. Oh ! ma chère Judith, si jamais vous avez l'intention d'écrire – un sort que je ne vous souhaite pas –, évitez d'abord de lire ! Mais quel malheur ce serait pour moi qui perdrais ma première et peut-être ma seule lectrice ! Non, n'écrivez pas, je vous en supplie, lisez plutôt et, si vous êtes passionnée de littérature, relisez ! Oh ! Judith, avoir un relecteur, quel incroyable cadeau ! Judith, relisez-moi et, si vous vous attachez à un seul de mes livres, je n'écrirai plus. J'ai tout dit mais je n'ai pas été entendu. Ô cruel destin des auteurs méconnus ! Ne croyez-vous pas que ça m'aiderait si je mourais là, maintenant ? Car c'est souvent par la fosse d'un écrivain qu'on plonge dans son œuvre, c'est avec ses bouquets mortuaires qu'on lui tresse des couronnes, dans les vers de terre qu'on retrouve ses plus beaux alexandrins. Oh ! Judith, n'écrivez pas, relisez-moi et je vivrai.

J'avais raison de craindre d'égarer mon propos en écrivant « du nain sous la main ». Curieux combien je connais les pièges et ne sais les éviter ; mon intelligence pratique n'est pas toujours pratique. Charles aurait mieux dit : « Vous n'êtes pas *toujours* intelligente. »

18 mai

Mais n'est-on pas intelligent une fois pour toutes et continûment ? J'aimerais soutenir ce débat avec Charles. Faute d'icelui, je le ferai seule. Écrire un essai ? J'y ai pensé mais on se moquerait, ce que je redoute par-dessus tout... et que craignent si peu les auteurs des « Ce que je pense de... » (n'importe quoi : Sault-Sainte-Marie, les protéines, les piscines hors terre) qui prolifèrent. Il suffit d'avoir un nom, d'être vedette de quelque chose (téléroman, marchethon, loterie) ou victime de quelques pénibles majuscules, (B.P.C. ou S.I.D.A. ou S.T.R.S.M.) pour qu'aussitôt ce moment de célébrité heureuse ou malheureuse s'inscrive en caractères d'imprimerie. Une vieille fille retraitée n'a vraiment rien pour attirer l'attention. D'ailleurs, je ne souhaite pas écrire de telles platitudes. Si j'optais pour un essai, je voudrais aller au cœur d'une question hyperspécialisée. Un bel exemple de ce qui se fait de plus poussé dans le genre est *La Jungle et le Fumet des viandes* de Zimmermann. Rien que pour comprendre la table des matières, il faudrait au moins quatre années d'*expertise*, je n'ai jamais pu m'y résoudre, mais il n'est pas impossible que je tâte des chapitres intitulés : « Des taxinomies cléricales » et « L'onctuosité sublimée ». Mon intelligence pratique pourrait se retrouver en terrain connu : clérical, onctuosité...

20 mai

Le M.M. dont je parlais il y a trois jours s'est suicidé, m'apprend *La Presse* de ce matin dans un entrefilet de cinq lignes, lui qui en a écrit des milliers ! Que n'a-t-il choisi le hockey et compté plutôt des buts ? Il ferait la une de tous les journaux. Cher M.M., toi qui espérais que la mort te ressusciterait, voilà qu'elle t'enterre plus profondément encore. Par amitié, j'ai pris un de tes livres que je vais *relire*, comme tu le souhaitais. En l'ouvrant, je suis tombée sur ces lignes : « On m'a pétri une âme fervente pour servir les ténèbres. Il me faudra maintenant aller jusqu'au fond de ma nuit pour en connaître toute l'illusoire profondeur. » Puis : « Serais-je allé trop loin ? Non, puisque c'est là qu'il faut se rendre pour démasquer l'imposture. À la périphérie tout se ressemble. C'est très loin, au bout de chaque inquiétude, qu'on rencontre la clarté. » La clarté ? Je l'espère pour toi, mais je crains que tu n'aies rencontré qu'une obscurité plus grande encore. Il existe des destins, comme le tien, qu'une irréductible malédiction semble avoir frappés : ce qui m'amène, bien entendu, à penser au mien. Combien dérisoires m'apparaissent soudain mes efforts pour le sauver par la littérature ! À mon âge, rien n'est plus récupérable et « les mots pour le dire » ajoutent encore au poids de la si cruelle réalité. Comment ai-je pu croire qu'écrire puisse représenter un salut quand M.M. vient d'en mourir ?

Plus tard

Une musique étonnamment forte et rythmée faisait tout à l'heure vibrer les vitres des fenêtres. Agacée, je suis sortie sur le balcon pour en localiser la provenance, mais ma colère est aussitôt tombée quand j'ai vu, par centaines, des Noirs qui dansaient dans la rue. J'ignore ce qu'ils fêtaient, mais leur joie communicative m'a fait sautiller et balancer les hanches. Surprise de mon geste, j'ai aussitôt regardé de chaque côté de crainte que des voisins m'aient vue me dandiner comme une vieille oie. Personne heureusement. Cette petite folie m'étonne, me fait sourire, puis me navre : il n'y a pas de quoi danser. J'ai un cafard énorme.

15 juin

Trois semaines sans rien écrire ici, ni dans le cahier vert ni dans le cahier rouge. Je me demandais si j'étais malheureuse *avant*. Avant quoi ? Puisqu'il y a peu de dates importantes dans ma vie, je peux aisément situer celle-ci : c'était le 22 décembre 1988, jour de ma retraite. Avant, je n'étais pas malheureuse, ni heureuse non plus. Maintenant je suis à la retraite et j'écris. Question : suis-je angoissée parce que je suis à la retraite ou parce que j'écris ? Ou les deux ?

Une vieille fille triste : je ne connais rien qui s'ajuste plus mal dans le tissu social. Si elle est laide en plus, c'est un fléau. Or, ce matin, je me sens laide et vieille et triste. Même un appel de Yolande me réjouirait : c'est tout dire.

Que se passe-t-il donc ? J'ose à peine l'avouer:

l'écriture me manque. Trois semaines d'abstention (ou d'incapacité ?) et je retrouve cette sensation si désagréable de n'être personne, de ne pas exister. J'ai regardé la télé, j'ai marché, relu les livres de M.M., tous très bons. Je devrais faire une recension posthume pour *Lettres québécoises*, une façon de réhabiliter cet écrivain que j'appelais The Lone Ranger. Si seul, sans vraiment l'avoir choisi, seul malgré son désir de participer. On le voyait un peu, à la sortie de ses livres (marketing oblige), puis, comme déçu, il disparaissait complètement pour réapparaître deux ou trois ans plus tard avec un autre manuscrit encore plus court et plus désolé que les précédents. Lui aussi plus maigre, plus triste, plus ravagé. On aurait dit une chute lente, solitaire et désespérée. Je n'ai connu aucun écrivain aussi pathétique dans sa volonté d'aller « au bout de rien » comme il disait. Non, ce n'est pas rien, cher M.M. ; votre œuvre est là, méconnue mais réelle, qui survivra à votre désespérance.

Comme je regrette de ne pas lui avoir parlé davantage ! Il m'intimidait trop. Détaché, cynique, lucide, un peu méprisant même, il regardait son dernier livre, sans amour, sans joie, en étranger, l'ouvrait devant moi, lisait ça et là, dépistait aussitôt les coquilles : « Tenez, en voici une autre. On a imprimé "proches" au lieu de "reproches" ... peut-être est-ce la même chose au fond ? D'ailleurs,

125

personne ne s'en apercevra. » Un autre aurait hurlé, et avec raison. J'ai retrouvé la lettre qu'il m'avait envoyée l'année dernière :

« Chère Judith, votre célèbre maison remporte tous les prix. Il faudra lui en accorder un autre – qu'elle mérite au plus haut point – pour le nombre record de coquilles imprimées dans un roman, le mien. J'en ai compté soixante-sept et j'en oublie sûrement. Pas un critique n'en a parlé, ce qui indique à quel point votre maison impose de respectueuse considération. Je tenais à vous le dire, moi qui ai cet honneur, comme vous, d'en faire partie. Je vous aime bien. Vive la litté... rature ! M.M. »

1er *juillet*

Mon blocage persiste. J'étouffe, mais n'est-ce pas aussi à cause de la chaleur ? Trente-quatre degrés à l'ombre. Rien ne bouge.

Yolande m'envoie une carte d'Ogunquit. Jadis, c'était Old Orchard : elle se raffine. Et moi ? Difficile question. En fait, je m'ennuie. De quoi ? De rien. Un bel ennui pur. J'ai esssayé de lire les journaux et d'écouter les nouvelles, mais cela achève de me désespérer. On ne parle que de l'injonction interdisant à une jeune femme de se

126

faire avorter. Je me demande si Charles a engendré un enfant maintenant qu'il peut socialement l'accueillir. Après avoir, avec moi, privé le ciel de tant d'élus potentiels, peut-être a-t-il jugé qu'il pouvait en laisser passer un qui serait nanti d'un passeport familial, d'un visa romain, d'un droit testamentaire, toute cette féconde engeance de la paternitude. J'ai mal au cœur. Comme si j'étais enceinte. Mais ne le suis-je pas ? Ce déferlement national de spermatozoïdes sacrés atteint toutes les femmes.

Puisque le fœtus appartient au père, pourquoi celui-ci n'exigerait-il pas une césarienne comme ultime moyen d'appropriation ? Ce serait rendre à César ce qui appartient à César. *Dura lex, sed lex.* Celle du plus fort.

Rien de plus néfaste pour l'écriture que cette invasion du monde extérieur toujours si hostile. On n'entend plus parler que de la chute des taux d'intérêts (et des avions : deux cette semaine), de la montée de l'inflation et de la violence, des ravages de la drogue, des feux de forêts, du sida, du tabac. Comment inscrire ma petite voix dans cette tonitruante clameur ? Ma petite pensée humaine qui demande : « Pourquoi voulez-vous mener des fœtus à terme si c'est pour les écraser avec le même égal mépris dans votre monde abominable, égoïste, meurtrier, pollué, matérialiste, etc. ? »

La colère m'emporte ; serais-je en train de

127

devenir un écrivain enr/g/agé ? Une autre catégorie que Sanchez détestait. Il me faudrait écrire un livre doux, serein, qui ferait du bien. À moi et aux autres, mais surtout à moi. Et voilà un autre dangereux écueil : la littérature thérapeutique. Pire encore que l'autre, « à message ». Je suis cernée d'embûches. Décourageant. Pourquoi me mettre dans cet état ? Je *lui* pose sérieusement la question : pourquoi, Judith, veux-tu écrire ?

1. Pour te désennuyer ?

Non, je ne m'ennuie pas vraiment, sauf il y a quelques jours, mais c'est parce que je n'écrivais pas... Je m'ennuyais sans doute de l'écriture. Il faudra que je repense à tout cela.

2. Pour être célèbre ?

Là, non, pas du tout. Bien sûr, j'aimerais être célèbre pour impressionner ma famille, mais je ne sais que trop l'obscur destin de la plupart des écrivains. Le succès n'en favorise qu'un sur cinquante, sur cent ; les autres restent à jamais des frustrés, des incompris, des victimes, disent-ils, du mercantilisme social.

— *L'industrie culturelle*! hurlait M.M. Est-ce que cette association de mots ne vous fait pas frémir ? C'est une contradiction dans les termes, une antinomie pure, et cela passe, et cela fait des conférences, et cela dirige, et cela incline notre pensée, et cela marche ! ... L'industrie culturelle!

c'est à mourir de honte. L'écriture qui était une aventure grandiose est devenue une chaîne de marketing. Pensez à Proust, à Nelligan, à Woolf... qu'elle était belle et noble, leur lutte, et admirable leur victoire ! La terre entière applaudissait alors que maintenant nous avons un pondeur à un bout et, à l'autre, un bouffeur. De celui-là à celui-ci, les participants à la mise en marché (éditeur, distributeur, publicitaire, attaché de presse) se sont saisis de l'œuf pour en faire un ballon commercial. Un best-seller. On n'a même pas de terme français pour désigner ce produit gonflé : un plus-vendu ? Jadis, dire de quelqu'un « c'est un vendu » l'avilissait pour toujours, alors que maintenant, plus il est vendu, plus il est apprécié.

— Vous jouez avec les mots, avais-je protesté.

— Est-ce jouer avec les mots que de les ramener à leur vrai sens ?

3. Zut ! pourquoi me poserais-je cette question périlleuse entre toutes, si délicate en fait que tous les journalistes l'inscrivent dans leurs entrevues. Si bien que M.M., qui a été interviewée au moins cinq fois pour chacun de ses livres, avait fini par imaginer une série de réponses diverses à cette question qu'on allait finalement lui poser pour la soixante-quinzième fois. « J'écris pour passer le temps, j'écris pour être aimée, j'écris pour ne pas tuer, j'écris par habitude, j'écris parce que je ne

sais rien faire d'autre, j'écris pour réaliser le rêve de
ma mère, n'importe quoi et tout, disait-elle, qu'est-
ce que ça peut bien leur faire en fin de compte ?
Dire qu'on a ça dans le ventre, qu'on veut changer
le monde, qu'on est traversé de mots, qu'on
déborde d'indignation ou d'admiration ou d'amour
ou de haine, quelle importance ? N'est-ce pas le
résultat qui compte, et non la cause ? Que l'écrivain soit alcoolique, nymphomane, paralytique,
syphilitique, narcomane, qu'importe, s'il écrit des
chefs-d'œuvre ? Des gens malades, il y en a partout et tous n'écrivent pas. Par ailleurs, il existe une
foule d'écrivains sains de corps et d'esprit, et de
plus en plus. Les mythes s'effacent et l'écrivain
vient de plus en plus d'une famille ordinaire, trois
enfants et demi, père agent d'assurances, mère en
cours du soir, cottage en banlieue, hypothèque de
vingt ans, vacances plein air, non-fumeurs. À ces
questions usées, ils voudraient qu'on apporte des
réponses nouvelles : créer, quoi ! La dernière fois,
j'ai répondu que j'écrivais pour faire de l'argent et,
savez-vous quoi ? le journaliste n'a même pas
réagi ! Cela lui paraissait non seulement normal,
mais encore possible. Vous voyez bien, Judith,
qu'on peut affirmer n'importe quoi sans trop de
conséquences ? Alors pourquoi irais-je me fouiller
l'âme pour trouver une réponse intelligente, juste
et équitable qui remplirait quelques lignes agates

dans la presse ? J'écris pour garder ma ligne, pourrais-je aussi répondre. »

N'empêche que moi aussi, j'avais envie de demander à M.M. pourquoi elle écrivait mais, après sa sortie intempestive, je n'ai pas osé. Ses réponses saugrenues ont peut-être toutes un petit quelque chose de vrai ? Il reste que je ne sais toujours pas pourquoi moi, j'écris. Je voudrais trouver une vraie réponse, pas une esquive. Je souhaiterais pouvoir affirmer que c'est « viscéral ». Écrire avec ses tripes, son sang, son âme. Écrire pour ne pas mourir et mourir d'écrire : que cela me paraît admirable !

Hélas, ce n'est pas mon cas, je le crains. Si j'ai passé cinquante ans sans écrire, oh ! un peu tout de même : des lettres, des poèmes, des comptes rendus, je suis forcée de reconnaître que mes entrailles n'ont pas été déchirées par la pulsion créatrice. Alors ce goût – je n'ose plus écrire ce besoin –, qu'est-ce ? Activisme de retraitée ? Caprice de ménopausée ? Velléité d'intellectuelle oisive ?

Comme je me fais mal inutilement ! Sont-ils tous ainsi à s'interroger au point de mettre en doute leur raison de vivre ? Raison de vivre... Ces mots sont sortis spontanément de ma tête (de mes viscères ?). Et qu'est-ce donc que mon âge avancé ? Voilà une autre inéluctable question de jour-

naliste : à quel âge avez-vous commencé à écrire ?
« À cinq ans, comme toutes les autres petites filles
de ma classe », répondrait M.M.

En littérature, le vrai prodige n'est pas celui qui
commence mais celui qui persévère. Cette phrase,
pas mal du tout, est de moi : je vais la transcrire
dans mon cahier rouge : j'en suis fière, encore que
mon cas n'en soit pas éclairé pour autant, car
comment parler de continuité, de persévérance
quand j'ai à peine esquissé un commencement ?

Me voilà encore tout embrouillée, mêlée,
digressant, errant là où le vent me pousse, confuse,
désolée. Pourquoi vous poser ces questions puisque d'autres vous les poseront ? dirait M.M. Ce qui
ne m'arrange pas non plus : si un autre me posait
la question, c'est que j'y aurais déjà répondu par un
livre, n'est-ce pas ?

2 juillet

En préparant mon dîner, j'ai repris la question : je me demande *bien* pourquoi j'écris. Ce
sournois petit adverbe s'est inséré de lui-même
dans la question et m'a renvoyée d'un coup à la
banalité de ma vie à la façon de Yolande qui dit :
« Je me demande *bien* quel dessert je vais préparer
pour le repas. » Moi, je me demande *bien* pour-

132

quoi j'écris. Un mot d'apparence innocente mais qui change tout.

Quelque chose de grand vient d'être amenuisé, rapetissé, écrasé. Mon quotidien n'est pas de l'art, je ne le sais que trop. Comment pourrais-je croire que ma purée de pommes de terre, mon bifteck, ma salade verte sont des prodiges culinaires ? Que je fais du design quand je change les serviettes de bain ? Que je crée une ambiance quand je mets un disque ? Le vrai créateur est celui qui *invente* les recettes, qui *imagine* un environnement, qui *compose* la musique ; moi, je ne fais que participer, de loin, de très loin à leur monde. C'est cela qui me désole tant et que je ressens comme un mal absolu qui me rend insignifiante, sans sens. Nulle.

Quand je faisais l'amour avec Charles, je créais ce moment. Personne d'autre ne pouvait être à ma place. Mon Dieu, c'est certain, quelqu'un pouvait être à ma place et y est justement, mais cela ne change rien à ce que je veux exprimer : que ma jouissance m'appartenait en propre, qu'elle était unique, irremplaçable. Celle de Lise l'est aussi, forcément – si tant est qu'elle puisse jouir, cette poupée. Me répéter : je suis unique. Et écrire pour sauver cette singularité du néant.

3 juillet

J'ai tendance à m'emporter, à exagérer un peu, beaucoup. En relisant ce matin la dernière phrase écrite hier, j'ai mis un certain temps à la prendre à mon compte. Certes, je n'oserais jamais faire une telle réponse à un journaliste éventuel. Cette solennelle déclaration contient sans doute un peu de vérité, mais qui suis-je pour vouloir avec cette véhémence inscrire mon modeste « vécu » en caractères gothiques ? Quelle prétention ! Qui peut s'intéresser à mon histoire, qui d'*autre* que moi ? Est-ce la solitude, le désœuvrement ou l'angoisse (ou les trois) qui pousse ainsi mon moi ténu à se gonfler d'importance ?

Je souffre comme une bête. Non, les bêtes ne souffrent pas autant. Je souffre parce que je pense. Je pense donc je suis. Et je suis quoi ? Qui ?

Un bien mauvais matin. Des hauteurs lumineuses atteintes hier, je dégringole à ma place obscure, inerte, fade. *Fade out.*

Plus tard

Mon café, ma cigarette. Le bleu émouvant du ciel. Le parc chargé d'arbres. Un bain chaud et parfumé. Du temps devant moi, libre. La vie tout simplement... J'ai passé deux heures à lui faire amende honorable avec des gestes doux, réconciliants, réconciliateurs. Au cas où j'oublierais encore combien la vie est bonne, je note ici qu'il n'est pas nécessaire de l'écrire en plus de la vivre.

20 juillet

Aucune écriture. Aucun remords. Aucun malaise. Je ne reviens à ce journal que pour m'affirmer dans mon silence serein, confortable. Quel plaisir de se sentir comme tout le monde ! Qu'ai-je fait ces derniers jours ? Je suis allée chez Ogilvy's où j'ai acheté un superbe carré de soie, ai pris un cocktail au Ritz (même si je sais que plusieurs écrivains s'y rencontrent, je n'avais pas de complexe ; mais je n'en ai rencontré aucun). Puis j'ai visité le Musée. Ai vu deux films, etc. Et voilà. Je n'éprouve aucunement le besoin de noter quelle exposition, quels films j'ai vus, pour les analyser ou simplement exprimer mes émotions-réactions. Non : j'ai vécu. Comme les autres personnes participant aux mêmes événements. Quelle paix ! Je me disais : voilà, Judith, tu es un être humain normal, intégré, jouissant avec intelligence des biens culturels et sociaux d'une civilisation. Une vraie épicurienne qui goûte les choses avec la pondération avertie d'une humaniste possédant un sens critique alerte mais bienveillant. Je déambulais à Athènes, à Rome, à Byzance, des centaines d'années avant l'ère chrétienne, je visitais le forum, le temple aux colonnes doriques, les bains. Ma culture classique ajoutait à ma vie une intense dimension spirituelle... Tiens, voilà une vitrine remplie des toutes nouvelles toges de l'année. Du fin lin. Il y aura sûrement de la soie bientôt, et même des couleurs. Ô Rome, quelle décadence ! Il ne te manque plus qu'un pape et tout sera consumé, comme disait Néron. Je me suis follement amusée. Je m'étais quittée, enfin. À moins que je ne me sois retrouvée dans une de mes vies antérieures ? J'aimerais bien croire à cette pérennité, à ce flux spirituel qui me porterait de siècle en siècle toujours renouvelée, toujours vivante. Il me semble qu'alors je ne souhaiterais plus arrêter cette seule petite vie avec des mots. En effet, pourquoi parler de celle-ci, maintenant, si j'en ai eu et en aurai de plus belles ? Hélas, je n'ai pas cette foi.

Je me souviens de M.M. qui soupirait : « Je voudrais avoir au moins cinq vies, et plus encore. J'aurais voulu être Marco Polo, don Juan, Shakespeare, François d'Assise, Tsin Tao, Catherine de Russie, Madame de Maintenon, Colette, Thérèse d'Avila. Tous et toutes. J'écris des biographies pour sortir de ma petite existence, de ma petite tête, de ma petite âme. Imaginez mon bonheur quand je passe un an dans la peau d'un Rothschild ! Maintenant, j'ai envie de peindre. L'idée m'est venue la semaine dernière en voyant un coucher de soleil vraiment exceptionnel. Proprement indescriptible. Après cette révélation, car c'en était une, j'ai vu des centaines de couchers de soleil, pourquoi celui-là me toucherait-il ? je me suis mis à regarder les choses, les couleurs autour de moi. Demain, je commence une biographie de Van Gogh. J'irai en Provence, je me griserai de couleurs et de vin rosé, je serai Van Gogh ! » Il s'enflammait, se métamorphosait déjà si bien que mon tailleur (gris et bleu), si distingué pourtant, m'apparut terne, triste. Van Gogh n'aurait même pas jeté un coup d'œil sur moi.

(Je pourrais raconter l'influence que cette seule conversation a eue sur ma garde-robe : sans passer directement du classicisme à l'impressionnisme, j'ai toutefois introduit des coloris plus clairs dans mon tableau : chemisiers, foulards, broches.)

Mais où en étais-je ?

Oui, je disais que la littérature biographique de M.M. représente peut-être un succédané, une solution. Mais de quelle *autre* vie pourrais-je m'éprendre au point de vouloir m'y confondre ? En écrivant « de quelle *autre* vie », je me suis donné la réponse : de quelle autre vie que *la mienne* voudrais-je ?

Mes petites excursions gréco-romaines constituent une charmante diversion, mais « où qu'on aille, on s'emporte avec soi » disait l'antique M.M. (L'emploi systématique de ces initiales uniformisées m'est souvent utile. Ici, je serais bien embêtée de nommer l'auteur de cette maxime : Ovide ? Sénèque ? Me voilà batifolant comme M.M. – Michel Montaigne !) Que voilà un auteur joyeux que je devrais relire. Mais, puisqu'il a tout dit, il m'empêcherait peut-être de palabrer à mon tour... de m'amuser, car je me suis vraiment amusée à écrire ces lignes. Mieux vaut arrêter tandis que le plaisir dure – quel non-sens ! Une sorte de *coïtus interruptus*.

23 juillet

Je poursuivais depuis quelques jours une vie oisive, consciente mais détachée, une sorte de bonheur, jusqu'à ce que j'aille éprouver la qualité de ma libération avenue du Mont-Royal. Et le test a échoué. Là, encore une fois, j'ai ressenti l'impérieux besoin de m'exprimer. Impossible de me transformer en vestale ou en hétaïre ou même en geisha. Cette subite métamorphose orientale m'a été inspirée par un Chinois que je rencontre souvent à la hauteur de la rue de Mentana. Il est très vieux et toujours en érection. Son cas demeure étonnant et très remarquable, mais je n'en ai jamais parlé ici : M.M. le ferait, M.M. qui met dans ses romans tout ce qu'elle trouve dans la rue. Une sorte de vidangeure d'êtres humains. Et plus ceux-ci sont démunis, drogués, perdus, timbrés, ravagés, tordus, plus son âme apostolique se réjouit. C'est une vraie Armée du Salut littéraire : tout ce qui a été rejeté peut encore lui servir. Elle recycle les épaves humaines. Mon vieux Chinois bandé la ravirait et l'inspirerait pendant des pages. Son origine (M.M. en ferait un *boat people* vietnamien), son grand âge (un rescapé des premiers camps de réfugiés), son érection (une maladie vénérienne héritée de la période coloniale), tout la porterait à le déclarer martyr de notre cruelle société. Elle en ferait un symbole, une dénonciation, une prophétie. Manger des mets vietnamiens, après, on ne pourrait pas : on serait complice d'une infamie, voire d'un génocide.

Je n'ose écrire, après cela, ce que moi j'ai pensé en voyant le vieillard parcheminé, car je crains que mes réactions n'aient rien à voir avec les belles-lettres. Sûr, si je souhaitais exprimer mes pensées sur la chose, le résultat pourrait *devenir* littéraire, mais j'avoue ne pas me sentir inpirée outre mesure par cette rencontre. D'ailleurs je

139

n'aurais même pas relaté ce fait si j'avais pensé au profit que M.M. eût pu en tirer. En fait, c'est toute l'avenue du Mont-Royal qui ne m'inspire pas: elle m'annihile plutôt. Impossible d'en décoller pour accomplir mes voyages imaginaires. Je reste là, plaquée, paralysée, amenuisée. D'où, impérieuse, mon envie de crier. Ou d'écrire. Mais quoi ? Ce décor me confirme à la fois dans ma différence et dans mon impuissance. Dans l'Ouest, je me sens moins visible, puis intégrée, sans souffrance. Si je déménageais, ma passion littéraire s'évanouirait sûrement. Est-ce souhaitable ? Écrire ou vivre ? se demandait M.M. qui regrettait même le temps perdu à faire l'amour. C'était « sacrifier à la bête », disait-il. Aussi entrevoyait-il la vieillesse comme une délivrance. « Finis ces appétits grotesques : manger, boire, forniquer trop et trop souvent, quel gaspillage ! Hélas, tant qu'il y aura un Hemingway en moi, je ne serai pas en paix. Que voulez-vous, si je ne vis pas, je n'aurai rien à écrire. Il faut que j'emmagasine des réserves, mais quelle tâche fastidieuse ! Maudit corps ! Seuls les saints ont compris. Moi, j'ai reçu l'humble mission d'assumer mes bassesses et de vivre les turpitudes humaines avec ma conscience plantée en travers d'elles comme une épée empoisonnée. Ma dernière maîtresse m'a quitté pour cause de distraction ontologique. Elle n'est pas atteinte, elle, par le doute existentiel. Au contraire, elle se vautre dans la sexualité comme une chatte. Remarquez que j'aime bien : ça me permet de prendre des notes mentales que je transcris ensuite : "Agonie miraculeuse de Claire. Sa presque mort et sa résurrection. Son corps joyeux, puis douloureux, puis glorieux. Escalade. Aujourd'hui, atteint le septième ciel." Hélas, Claire n'a jamais pu monter plus haut, du moins avec moi. "Je sens que tu n'es pas là, déplorait-elle, à quoi penses-tu ? Tu me regardes jouir, salaud ?" Me traiter de salaud quand c'était justement ma pureté qui intervenait ! J'observais, oui je l'avoue, tel un condamné à la chair, de la chair, pour la chair. Je ne peux me quitter, même au fond de Claire. Je souhaiterais tellement disparaître dans ces plaisirs! Mais cela m'est impossible, à moins d'être saoul. Alors seulement je touche l'épaisse béatitude animale, je rejoins Claire sans arrière-pensée, je coule dans un monde chaud et lisse, parfaitement bestial et heureux. Mais les lendemains sont trop atroces pour que je puisse encore couler en bateau ivre. Je ne digère plus l'alcool, mon foie se révulse, ma foi se convulse. Quand mon épave refait surface, une lumière dure me perce le crâne et m'enfonce une douleur térébrante jusqu'au cœur : c'est ma lucidité incontournable que j'ai essayé de noyer et qui revient, qui s'ouvre à vif. Et l'on voudrait que j'appelle ça du plaisir ? L'épreuve de l'ordalie plu-

141

tôt, que la littérature m'amène à traverser. Claire m'a fourni de précieuses expériences, mais cela au péril de ma santé. Toutes ces notes , quand même! Que vienne enfin l'âge de les mettre au... propre, si je ne meurs pas avant, bien entendu. »

M.M. est mort avant : son œuvre ne sera jamais qu'un amas de notations arrachées à l'instant, jamais triées, décortiquées, liées en gerbe.

Liées en gerbe ! ! ! ai-je écrit. Quand je me vois sombrer dans des images pareilles, pâlotes, vieillottes, désuètes, obsolètes, bon, j'ai envie de jeter mon stylo par la fenêtre. « Une riche moisson engrangée et pourrie sur place », pourrait aussi écrire M.M., de religieuse mémoire. La sœur des bouquets spirituels, des offrandes pieuses, des florilèges. Jamais je n'aurais cru possible de retrouver ainsi sous ma plume... Sous ma plume ! Décidément, ce n'est pas mon jour. Aussi bien commencer une neuvaine au Saint-Esprit.

Cahier vert

Bien avant les hétaïres
les vestales et les geishas
j'ai connu les vierges martyres
offrant leur hymen
à un dieu potentat
qui leur faisait dire amen

142

mais seulement après trépas.
Que c'est grand, beau, enviable !
disait sœur Thérèse qui craignait le diable
(c'est-à-dire tous les hommes)
et qui tombait dans les pommes
en parlant des lions impétueux
qui mordaient les seins
des jeunes vierges
faisant jaillir le lait
de cet amour parfait
(plus pur qu'un cierge)
qui déchire, lacère, punit
tue et sanctifie.

Mieux vaut être croquée vite et vive
que périr à petit feu
car les mouvements
doux et lents
ne sont pas tous pieux
pensait sœur Thérèse
en catéchèse.

Cahier bleu

24 juillet

Furtif retour à la poésie. Si je consentais à plus de gravité, je pourrais rédiger assez rapidement une trentaine de poèmes et j'aurais *ma* plaquette.

Un texte par page, beaucoup d'espace blanc, de gros caractères disséminés, peut-être même des dessins.

Hélas je n'ose
écrire est trop sérieux
pour en faire une chose
d'aussi peu

D'ailleurs, je reconnais que mes poèmes ne sont pas bons et je le sais surtout à ceci : je ne souffre pas en les écrivant. Ils me font même rire. Suis-je légère ? J'ose avouer ici que même le : « Ô temps, suspends ton vol. Et vous, heures propices, suspendez votre cours » etc., m'a toujours paru d'une irrésistible drôlerie.

Qu'y a-t-il donc dans l'air pour que je me sente aussi folichonne ? Ma lourdeur est tombée en même temps que mon envie d'écrire. Ne pas écrire = délivrance, légèreté, vie. J'ai donc choisi la vie. une fois pour toutes. Point final.

Plus tard

Je reviens ici quelques minutes seulement – mais pourquoi me défendre ? ce journal n'est pas de la création mais un simple dialogue avec moi-même. C'est que je me suis mise à penser au caractère un peu pervers de mes poèmes. Drôles et impies. Doublement iconoclastes : rupture de l'image poétique, rupture de l'image catholique. Deux lieux sacrés profanés. Il est curieux que la prose m'inspire plus de respect : ce devrait être le contraire, il me semble.

Parfois, je me dis qu'on chante plus les poètes qu'ils n'ont eux-mêmes chanté. « C'est un grand poète ! » s'extasiait M.M. qui n'arrivait qu'à écrire des romans, assez mauvais, alors que tout, disait-elle, la portait vers la poésie. « Un grand poète, vous croyez ? » J'en doutais. « Ne sont-ils pas tous grands ? Accéder à la forme sublime de l'écriture, n'est-ce pas être sublime ? » « Il y a beaucoup de poésie dans vos romans », avais-je proposé comme réconfort. « Oh ! Judith, vous le croyez vraiment ? J'ai l'âme d'un poète, je le sais ; hélas, je n'arrive jamais à exprimer cette émotion bouleversante. » Elle était au bord des larmes. Je repris : « Mais les poètes ne sont-ils pas toujours ainsi, bouleversés, stupéfiés par l'indicible ? » « Oui, sans doute, mais quelle douleur ! » « Il faut travailler et ne pas renoncer. » Quoi lui dire d'autre ?

Ce n'est qu'avec les poètes que je perdais mes moyens : avec les autres, romanciers, essayistes, biographes, j'arrivais toujours à trouver dans le texte même le point précis qui effacerait le doute et relancerait leur confiance. Mais, en poésie, sur quelle ligne, sur quel mot mettre le doigt ?

Je ne le pouvais, ni moi ni personne d'autre. Sanchez, d'ailleurs, définissait ainsi la politique poétique de la maison. « À paraître, cette année, trois recueils de poèmes, de soixante-quinze pages au maximum. Trouvez-moi trois manuscrits qui ont du bon sens dans cette pile ou je choisis dans le tas. »

En ce temps-là, un éditeur sérieux ne pouvait écarter la prestigieuse poésie qui dorait le blason de la maison. Ainsi, au critique qui lui reprochait sa douteuse collection « J'ai dîné avec... » Sanchez brandissait aussitôt sa brochette de poètes. Pourtant, chaque fois qu'un nouveau manuscrit de poésie arrivait, il s'écriait : « Ô Pétrarque ! » et s'enfuyait dans son bureau.

En repensant à son attitude, je rage que Sanchez m'ait suggéré d'écrire des poèmes. Avec un peu de présence d'esprit, j'aurais dû rire, mais le moment ne s'y prêtait pas. Et il se peut que j'aie été vraiment flattée dans mon for intérieur. N'étais-je pas un peu poète, moi aussi ? Et ne puis-je écrire de la poésie en supprimant trois mots sur cinq pour créer le vide existentiel ?

L'affreuse parodie des gestes amoureux
Sans cesse repris sur ta hanche maigre

146

Et contre ton sein plat
Plus hostile que misère
Plus infécond que glaise séchée, durcie.

Toi, toute craquelée d'amertume
Gisante, plus grise que morte
Plus morte que grisante
Tu rassembles tes griffes
En rainures mortelles, éclatées
Dans mon dos, comme croix pétrifiées.

Ce poème deviendrait :

Parodie / gestes amoureux
Sans cesse / hanche maigre
Sein plat
Plus que / misère
Glaise

Toute d'amertume
Grise / morte
Tu rassembles
Mortelles, éclatées
Mon dos / croix pétrifiées.

Voilà. Je viens d'écrire mon dernier poème,
que je ne transcrirai même pas dans le cahier vert
parce que c'est un pastiche. J'écris pour être

comprise et les poètes ne sont pas compris. Veulent-ils seulement l'être ?

28 juillet

Ma dernière déclaration sur les poètes me paraît un peu arrogante. Mais ce moment de révolte tient à une rencontre rue Saint-Denis. Rencontre qui m'a emmenée au bar où quelques phrases et deux martini m'ont fait pousser des ailes qui m'ont littéralement transportée ici, devant mon bureau, en un atterrissage suave. À moi la littérature ! me suis-je dit. Je ne suis pas poète, mais je suis écrivain quand même. J'ai en quelque sorte déblayé (avec trop de violence, je le regrette, la violence est toujours injuste, enfin presque toujours), oui, j'ai contourné la montagne poétique pour me poser en sécurité sur la voie « prosaïque ». Le côté péjoratif attaché à ce mot n'exprime-t-il pas la supériorité incontournable de la poésie dans le langage courant ? Je l'utilise exprès, dans une tentative pour lui rendre toute sa dignité.

Hier donc, un si intense moment de bonheur littéraire que j'en ai perdu tous mes moyens. Ma tête crépitait d'idées, mon cœur débordait, tout mon être frémissait d'une transe créatrice si violente que je n'ai pu écrire un seul mot. Quel dommage que je n'aie pas eu de magnétophone ! Il m'aurait suffi d'ouvrir la bouche et, comme la pythonisse de Delphes, d'en laisser jaillir l'inspiration. Un certain travail de décryptage aurait sans doute été nécessaire après, mais combien joyeux ! Ordonner, canaliser l'abondance, quel bonheur ! Malheureusement je n'avais pas de dictaphone et mon stylo n'était que fétu de paille emporté dans un torrent. De cette expérience, il ne me reste donc qu'un souvenir extatique. Le souvenir d'avoir été, durant de longues minutes, dans un état second, lumineux, l'état du créateur, j'en suis convaincue. Mais c'était hier.

29 juillet

Je me demande si je n'ai pas rêvé ce 27 juillet. Je commençais à me détendre, à vivre dans l'intelligence et le calme, acceptant, aimant même ma condition, je pouvais me distancier du monde et le regarder. Détachée et saisie à la fois, comme le font les écrivains, mais sans ressentir en moi le douloureux besoin de marquer cette distanciation. C'est le début de la sagesse : être, savoir, sans besoin de le crier. Une sorte de paix me venait, difficile certes, et fragile, ô combien je le vois ! mais une paix certaine. Que j'ai vraiment ressentie. J'aimerais pouvoir la définir mieux mais je n'y arrive pas, je n'y arrive plus. Il y a de quoi !

J'avoue : je n'ai plus la paix mais je suis au septième ciel.

30 juillet

Au téléphone, Yolande, de retour de vacances. Je ris, je suis vive, drôle. « Mais qu'est-ce que tu as ? a-t-elle demandé. Tu n'es pas en amour, j'espère ? »

Pourquoi ce « j'espère » ? Et n'y a-t-il que l'amour pour rendre heureux ? Sa petite phrase a fait dégringoler mon enthousiasme et m'a renvoyée au désert. Puis, une fois au désert, j'ai recommencé à vivre : de ma plume. De ma plume-réservoir, devrais-je mieux dire... À retenir, les étapes de ce revirement : extase, appel de Yolande, chute, remontée dans ma sphère littéraire.

Comment aurais-je pu dire à Yolande que c'est la littérature et non l'amour qui me rendait si gaie ? Comment lui expliquer ce qui m'arrive puisque moi-même j'éprouve une certaine difficulté à cerner mon bien-être ? Mieux vaut m'y baigner et ne pas trop l'analyser.

Cahier rouge

C'est un soir comme les autres, pensait Pauline qui se réjouissait de n'espérer rien d'autre de sa promenade quotidienne que sa ration de plaisirs habituels, petits certes, que d'aucuns jugeraient même insignifiants, mais qu'elle avait su élever à la hauteur d'une grâce. Car son regard était à ce point imprégné de vie inférieure qu'il projetait sur toutes choses, même les plus banales, l'exquise douceur dont son âme était remplie. Dire que jadis elle avait pu passer à côté de toutes ces merveilles sans les remarquer ! Quelle mesquine attitude ! Quelle ingratitude ! Elle s'en voulait et ne souhaitait rien tant que de se racheter en portant une attention redoublée à ces minutes jadis perdues dans l'indifférence. Une mission impossible, bien entendu, car rien n'est plus mort que ce qu'on n'a pas vécu. Quand même, elle observerait désormais la vie avec une telle intensité que même le passé indéfini pourrait se recomposer dans le prisme incandescent de son regard neuf.

En sortant de chez elle, quelques minutes plus tôt, elle s'était retournée avant de refermer la porte pour embrasser du regard son appartement et elle avait remercié d'être là « toi mon profond fauteuil, toi ma lampe et ta lumière, et vous mes plantes vertes, et vous mes livres si sages et si savants et si patients qui attendez de m'instruire, moi la volage, la distraite, l'inconsciente qui ai tant de fois refermé bêtement la porte sur vous en ne pensant à rien d'autre qu'à l'autobus qu'il ne fallait pas rater ».

On le voit, Pauline avait changé. Non pas de ce changement superficiel et plutôt triste que l'âge burine sur le visage, le cou, enfin sur tout le corps, non, c'était, beaucoup plus profondément, la maturation sereine d'un esprit qui accède enfin à la vraie force de l'âge qui est intériorité.

Ainsi donc, ce soir-là, comme tous les soirs, Pauline faisait sa promenade réconciliatrice rue Saint-Denis. Elle venait de tourner le coin du boulevard Saint-Joseph et s'émerveillait de la beauté des visages rencontrés, de la douceur de la lumière sur les maisons, de la pureté de l'air, de la tendresse de la vie. Comme c'était bon tout cela qu'elle avait un peu méprisé, non pas de façon avouée mais par une sorte de réflexe blasé, assez intellectuel si elle y pensait bien, qui la faisait regarder de haut ce qui maintenant l'émouvait jusqu'aux larmes.

Cahier bleu

3 août

Je travaille depuis deux jours à essayer d'écrire ce qui m'arrive. Travaille comme je n'ai travaillé.

Je comprends enfin la véhémente protestation de M.M. qui s'était écriée : « Mais je travaille ! » à un potineur qui lui reprochait de trop fréquenter les bars. « Et pourquoi pas un bar ? Savez-vous qu'un vénéré critique a déjà reproché aux écrivains de se réunir en congrès ? "Allez donc écrire plutôt, les sermonnait-il, un vrai écrivain ne perd pas son temps à parler écriture ! Il en fait !" Non, mais, imaginez, Judith, un critique qui ne peut même pas soupçonner qu'un écrivain écrit tout le temps et partout, même quand il n'écrit pas ! Cet homme aurait voulu qu'on soit à notre table, dix heures par jour, à gruger nos os jusqu'à la moelle et après, c'est sûr, il nous aurait reproché notre nombrilisme. Un congrès d'écrivains, pourquoi pas ? Moi, c'est vrai, j'aime mieux les bars ; on y rencontre une espèce plus diversifiée, mais je n'ai rien non plus contre les écrivains qui font du bateau à voile. Tenez, à ce propos, je vais vous raconter une anecdote. J'avais loué le deuxième étage d'une maison chez des amis, à la campagne, pour écrire. mais voilà, je passais tout mon temps sur le lac, un très petit lac plein de grenouilles, de hérons, de canards, un lac qui me rappelait exactement celui de mon enfance. Les souvenirs me revenaient intacts, frais. Ainsi je restais de longues heures en canot, apparemment oisive – un critique m'aurait-il vue qu'il aurait souhaité que j'écrive à tout le

153

moins une ode aux oiseaux ; mais des critiques, il y en a partout. Ainsi, un soir que je dînais avec mes amis d'en bas, l'un d'eux m'a dit : "Cela m'étonne que tu ne puisses pas travailler ici." "Que veux-tu dire ?" ai-je demandé. "Bien, je pensais qu'avec la chambre là-haut, le silence, l'amitié, tu aurais toute la paix pour finir ton roman." "Mais je travaille !" ai-je encore une fois protesté. En fait, c'est sur ce petit lac que j'ai entièrement *vu* mon plus récent roman qui n'allait sortir que trois ans plus tard. Je travaillais, mais cela ne paraissait pas. Il aurait fallu que je sois *dans* la chambre. Alors que sur le lac j'écrivais déjà tant de choses dans une apparente paresse... sans stylo, sans machine à écrire, sans outil. Qui donc saura qu'un écrivain n'est jamais en vacances ? Il enregistre, cherche, guette, se souvient, organise, dispose, reprend, s'émeut. Un bar, un visage, un lac, un fait divers, avec n'importe quoi et n'importe où, il écrit. C'est évident qu'il faut finir par "se mettre à table" comme disent les flics. C'est un moment dur, j'en conviens, le moment de vérité, mais de quelle vérité s'agit-il, sinon celle éparpillée partout et qu'il a patiemment recueillie ? »

31 juillet

Lu, relu mon texte sur la promenade de Pauline. Je voulais écrire ce qui m'est arrivé et en faire une nouvelle. *La* nouvelle. Hélas, je n'ai même pas effleuré mon sujet. Dès le début, je bifurque avec la « Pauline qui aurait beaucoup changé. » « Mais on s'en fout ! » crierait Sanchez.

Je tentais de dire à quel degré de sagesse Pauline avait atteint *avant* la rencontre. De quelle harmonieuse manière elle avait réconcilié ses pulsions vitales et créatrices en une sorte de méditation agissante, joyeuse, paisible surtout... Et combien fragile hélas ! Si on avait vu avec quelle raideur j'ai claqué ma porte ce matin ! À faire s'effondrer l'immeuble. J'ai les nerfs, les nerfs ! « Vous recevrez le contrat dans une semaine », a-t-il dit. À moi, un contrat ! Il ne reste que trois jours. Aurais-je le temps de finir mon travail ? Je ne dors plus, ma tête pense jour et nuit. Ébullition. Si ma sœur appelle, je fais une crise : non, je ne suis *plus* de bonne humeur. Je suis entrée en littérature, comme, j'imagine, on doit entrer au couvent.

Une idée me vient : si je racontais l'histoire de Charles, de sa vocation ? La famille nombreuse, le garçon très doué, la protection du curé, l'extase de la mère, l'admiration de la famille, toutes de petites pierres rondes et lisses qui glissent sous ses pieds et le roulent vers la prêtrise. Le tapis roulant (titre ?). Mais comment me mettre dans sa peau sans déflorer son histoire ? Une belle histoire, infiniment triste, mais tellement de « chez nous » ! C'est lui qui devrait l'écrire, mais la suite et la fin ne sont pas assez édifiantes pour qu'il s'y risque. Encore que cette partie-là m'appartienne autant qu'à lui. Ce pourrait être ma symphonie fantasti-que n° 1040 (pour le nombre de dimanches fervents). En fait, trop de dimanches à condenser dans une seule nouvelle : je n'y arriverais jamais.

Des heures à marcher, à me creuser la tête. Souffrance. J'en suis même à me demander parfois si je n'ai pas rêvé. Dès le lendemain, j'ai commencé à avoir des doutes que je n'ai pas osé noter dans mon journal de crainte de m'illusionner. Je remar-que en effet combien je suis portée à croire ce que j'écris, tellement que, très souvent, je ne sais plus dans quel cahier transcrire mes notes : dans le bleu-vérité ou le rouge-fiction ? Des glissements imperceptibles s'accomplissent sans que je le veuille. Si je relisais ce journal depuis le début, je pourrais relever quantités de ces « fuites » romanesques.

Ce sont là de petites libertés de créateur qui me ravissent. Donc, à cause de ce phénomène de transformation si mystérieux, je n'ai pas décrit la rencontre avec Boussat par peur de la rendre fictive. Si ce n'était pas vrai ? S'il s'était moqué de moi, tout comme Sanchez ?

Chasser ces inquiétudes et persévérer.

En m'asseyant à ma table ce matin, je me suis dit : « Judith, c'est l'occasion ou jamais. Que la proposition de Boussat soit réelle ou pas, te voici en face de ton rêve. Écris cette nouvelle pour toi, pour ta satisfaction personnelle, pour ta délivrance. » Je m'étonne de n'avoir jamais pensé à ce genre littéraire plus tôt. N'est-ce pas plus facile qu'un roman ? Mais je perds ici un temps précieux.

J'ai déblayé ma table de travail et n'y ai laissé que des feuilles blanches. J'écris ces réflexions dans la cuisine où j'ai emporté ce journal pour me défouler un peu quand la pression monte trop dans ma chambre de torture.

Cahier rouge

Sur la ville pèse une chaleur torride. Tout est figé, écrasé dans la moiteur. Un chat noir, sur un balcon, paraît carbonisé. Plus de passants : ils sont tous dans les bars climatisés à déguster des bières fraîches. Montréal-la-froide a son coup de chaleur annuel. Ce n'est pas rien. *How can you live in that cold* ? demandent les Américains du Sud qui oublient que l'Alaska, c'est aussi chez eux. Pauline sourit, elle aime cette chaleur surprenante, suffocante.

« Je ne pourrais jamais aller vivre en Floride, pense-t-elle. Ici, au moins, on a l'hiver, le bain froid, régénérateur, funeste pour les scorpions, les tarentules, les scolopendres, toutes ces petites bêtes ignobles qui pullulent dans les pays chauds. » Un jour, en Haïti, en prenant ses sandales dans un placard, elle avait failli poser la main sur une énorme tarentule. Velue, lente, répugnante. Rue Saint-Denis, rien de tel. Le gel purifie, bonifie, désarme. Nous sommes un peuple paisible. Des vieilles volées, des jeunes violées, quelques crimes ici et là mais, somme toute, un peuple aimable, tranquille. (Poursuivre s'il y a lieu cette rélexion sur le bon peuple. Je verrai si cela est pertinent à mon sujet.) N'est-ce pas curieux que Pauline pense à l'hiver par cette chaleur ? C'est qu'elle trouve toujours en elle des motifs de réjouissance, des pensées positives comme on dit maintenant. Grâce à un long travail sur elle-même, et cela sans tai-chi ni tofu ni méditation transcendantale ; mais avec Sénèque (« Pourquoi veux-tu vivre longtemps si tu vis mal ?), du steak au poivre, du beaujolais et la promenade quotidienne à un rythme rapide, maintenu même aujourd'hui malgré la chaleur. Élimination des toxines pour mieux savourer la cigarette au retour. Un être équilibré. *Mens sana in corpore sano.* Vieille ? Retraitée ? Non, un être libéré des servitudes et ayant acquis le droit d'aimer ce

158

qu'elle aime et de détester ce qu'elle a toujours détesté. Elle ne prend plus les vessies pour des lanternes, ni les balivernes pour de la poésie. Devant sa télévision, elle peut regarder tous les westerns qu'elle désire et changer de poste quand un film de Chaplin repasse. Et se lever à son heure le matin, flâner. Plus d'autobus, de patrons, de clients. Plus d'intermédiaire entre elle et sa vie. Jouissance. L'âge, pense-t-elle, est comme tous les autres biens : un bien. En principe, il lui reste une vingtaine d'années pour en jouir. Sûr, la mort ne s'éloigne pas, mais mourir n'est pas une si triste affaire après tout, car un bon spectacle doit avoir nécessairement une fin. Un changement de spectateurs ne s'impose-t-il pas puisqu'on donne toujours la même pièce ? Qui pourrait revoir durant mille ans se dresser et s'effondrer des frontières (murailles de Chine, ligne Maginot, mur de Berlin), assister aux invasions incessantes (des pays, des planètes), qui ne se lasserait pas des sécheresses, des inondations, des naissances, des morts, des amours, des séparations, des guerres de religion, de libération, de sept ans, de cent ans, de quatorze, de dix-huit, celles contre le choléra, le typhus, la grippe espagnole, le sida... NON ! Soixante-quinze ans de cet interminable show doivent bien suffire. Pauline, en vraie sage, applaudit encore, quoique moins fort, mais ne sera pas fâchée quand le rideau

159

tombera. Elle cédera sa place et sortira dignement sans laisser une trace. Pas même un grain de pop-corn. Le siège se relèvera automatiquement comme si elle ne l'avait jamais occupé. Cette dernière pensée assombrit Pauline. « Aurais-je été une Pygmée née quelque part dans la brousse et morte à quinze ans de la fièvre puerpérale, ç'aurait été pareil. » Tristesse. Se sentir exister avec cette fer-veur et disparaître comme le souffle du vent. Elle en a des frissons malgré la chaleur. Angoisse existentielle. Métaphysique. J'EXISTE ! a-t-elle envie de crier. Puis je meurs. Plus rien que des cendres.

Il faudrait jouir, se dit Pauline, jouir sans jamais penser. La conscience ? Un fâcheux empêcheur de danser en rond. Je pense donc je souffre.

Sa promenade est gâchée. Cette aventure si belle de pouvoir déambuler librement du côté septentrional de la terre lui apparaît soudain dérisoire. Tout est pareil, partout : un sentier en Afrique, une piste en Calédonie, la voie appienne. « Tous les chemins mènent à Rome, ricanait Char-les. La salut est de découvrir la voie de retour... »

De retour vers quoi ? « À chacun de trouver, disait-il, c'est là que la véritable aventure com-mence; tout le reste n'est que sentiers battus. »

Il est vrai qu'auprès de Charles, Pauline avait acquis une sorte d'aimable façon d'appréhender l'existence avec une touche de légère désespérance mais solidement arrimée dans l'amour de la vie. L'angoisse un peu, toujours, mais comme arrêtée dans son vol. Plutôt que de la laisser planer sur la vie où elle fait ombrage, la plaquer à terre, tout près : au lit, à table, à l'église. Ou rue Saint-Denis.

Pauline prend une longue respiration. Des millions de microbes s'engouffrent dans ses poumons mais elle est immunisée depuis longtemps. Ne mourait-on pas très jeune aux temps bibliques, quand l'air était pur et les eaux limpides ? L'espérance de vie d'alors n'était que de trente-cinq ans (trente-trois, si on manquait de prudence). Moins de monoxyde de carbone mais plus d'épidémies galopantes : et tout près de nous, ce cher Balzac qui avait écrit : « Une femme encore belle malgré ses trente ans. »

Peut-être est-ce à cause de cette triste phrase que Pasteur s'est mis à brasser son lait et Helena Rubinstein, ses pots de crème ? Grâce à eux et à tant d'autres, Pauline peut se déclarer « encore belle malgré ses cinquante ans » ; avec son pas alerte, sa tête fière, sa taille longue et svelte, vraiment elle n'est pas mal du tout. Le léger voile d'angoisse qui planait sur elle il y a quelques minutes s'est dissipé. Agréable moment d'appréciation de soi. « Ne vous diminuez jamais, les autres s'en chargent », disait Charles qui fait main-

161

tenant partie des « autres » et qui s'occupe sans doute à déconsidérer Pauline auprès de sa jeune femme. « Qu'est-ce qu'il raconte sur moi ? Il ne peut certes vanter mes qualités puisqu'il m'a quittée. Celui qui s'en va croit toujours emporter avec lui toutes les justifications. Assez pour effacer un amour qui a duré vingt ans ? Impossible : Charles ne peut quand même pas faire de ce passé un malheur continu, surtout que je ne le gênais en rien. Pas assez, peut-être ? Il aurait fallu protester, revendiquer, exiger : mais l'époque ne s'y prêtait guère, non plus que mon propre tempérament. Car, eût-il été libre, je n'aurais pas souhaité qu'il vienne vivre avec moi. J'ai regretté sa lâche disparition, sa fuite, mais je n'aurais pas consenti à sa présence constante. Ne l'a-t-il pas deviné et n'est-il pas parti ailleurs chercher un nid douillet où se faire prendre en charge ?

Car cet homme ne savait se débrouiller dans la vie quotidienne, tel l'albatros au vol puissant mais si maladroit au sol. Dans ma cuisine, ses grandes ailes traînaient lamentablement par terre. Il s'enfargeait dans les fleurs du tapis, comme on dit vulgairement. Maladroit, lourd, faisant obstacle...

Cahier bleu

1ᵉʳ août

La promenade que je fais faire à Pauline n'a pas encore abouti. Ce qu'elle peut biaiser, pérorer, *philosopharer*. Je n'arrive pas à l'emmener au point X. Un point que je crains aussi ; que dis-je ? Un point qui me terrorise. Mais que je vais affronter illico. Sans broder.

À vrai dire, le 27 juillet, il ne faisait pas vraiment aussi chaud (c'est plutôt *après* que j'ai eu chaud), même qu'une brise flottait dans l'air et rendait ma promenade euphorique : l'impression d'être sur un voilier et de glisser sur la mer. L'impact de la lumière et de la chaleur sur l'asphalte provoque des vibrations chaudes qui ressemblent à des vagues. Mirages. Mirages : reflets trompeurs. Mirage, cette rencontre ? Pourquoi cette maudite image m'est-elle venue ? Je reprends : moi, Judith Turcot, présente de corps et d'esprit, marchais sur le côté est de la rue Saint-Denis en direction nord, le soir du 27 juillet, quand une voix d'homme m'a interpellée. « Judith ! Quelle bonne surprise ! » Salutations.

« Henri Boussat, vous me reconnaissez ? » « Bien entendu. » Ici, j'ai un peu menti car il avait si terriblement vieilli que j'ai eu du mal à replacer sa tête blanche, son visage flétri sur le souvenir que j'en avais gardé, souvenir d'ailleurs vérifiable avec sa photo sur la couverture de son livre *Comment présenter un texte à la radio,* paru aux Éditions du Midi et dont j'avais eu à m'occuper, c'est-à-dire que j'avais eu à corriger.

Sans doute ai-je vieilli, moi aussi – j'y pensais tout le temps – mais à ce point ? Je ne le crois pas, mais je m'égare. Donc Henri paraît très content de me revoir. Me demande ce que je deviens, je l'informe de ma retraite récente. Il se rappelle notre collaboration étroite durant la préparation de son livre, affirme avoir beaucoup apprécié. Est-il toujours réalisateur à la radio ? Non, il a démissionné. Las du neuf à cinq. Son âme d'aventurier s'étiolait. Aussitôt atteint l'âge d'obtenir une pension respectable, « encore que modeste – mais qu'est-ce que l'argent ? je m'en fous –, je suis retourné à la vraie aventure. Vous ne devinez pas laquelle, Judith ? »

— Un voilier ? (Je me suis souvenue qu'il avait été guide sur une péniche pour touristes à Paris avant de s'embarquer pour le Canada.)

— Non, la vraie aventure !

— Le retour à la terre, l'élevage des moutons ?

— Mais j'ai déjà fait cela ! Je vous parle d'une vraie de vraie aventure.

— Je donne ma langue au chat.

— Je suis devenu éditeur ! (Un silence.) Qu'est-ce que vous pensez de cela, Judith ?

Que du bien, évidemment. Je n'en finis pas de le féliciter de son courage. Et de son audace: n'y a-t-il pas déjà beaucoup, même trop, de maisons d'édition à Montréal?

— Donnez-moi un an ou deux et il y en aura encore plus qui seront de trop ! Mes concurrents vont avoir la vie dure.

Puis il explique son « plan d'implantation » (*sic*) en long et en large avec des gestes vifs, une voix forte que l'accent du Midi adoucit un peu. Il rajeunit. Son enthousiasme efface les rides, amenuise les poches sous les yeux. Ses dents sont encore belles, sa crinière, abondante, danse sur sa tête bouillonnante d'idées. Il est presque beau. Puis soudain, au milieu d'une envolée particulièrement éloquente sur le réseau de distribution et les points de vente, il se penche vers moi et déclare : « Il ne manque que vous. Vous êtes exactement la personne que je recherche. Mon entreprise utilise tous les moyens les plus modernes d'imprimerie, de fabrication, etc. – ce n'est pas à vous que je vais décrire les étapes de la publication d'un livre, n'est-ce pas ? –, donc mon entreprise a besoin d'une personne-ressource qui connaisse tout de la réception des manuscrits, de la rédaction, de la correction. J'ai besoin de votre expérience, de votre jugement, de votre connaissance de la langue française. J'ai besoin d'une personne

165

qui inspire confiance et respect. Une sorte de garantie de qualité. Vous êtes tout cela. Je me souviens de votre intransigeance quand vous corrigiez mon manuscrit, de votre chasse impitoyable à mes anglicismes, moi, un Français ! J'en bavais mais je vous admirais. Et votre précision, votre recherche du terme exact. La clarté française, disiez-vous. Vous voyez, je n'ai rien oublié. C'est une personne de votre classe qu'il me faut pour assurer aux éditions Boussat une qualité littéraire irréprochable.

Cette harangue fut le premier choc.

J'ai dit que j'étais flattée, que j'allais y penser. Pour le moment, je profite de ma retraite pour écrire.

— Vous écrivez ? Mais quel bonheur ! Je ne suis pas surpris, vous possédez si bien votre langue !

— Ce n'est pas une raison siffisante pour écrire. J'ai lu quantité de textes sans fautes et sans idées non plus.

— Ce n'est certainement pas votre cas. Et qu'écrivez-vous ?

— Une nouvelle... (J'ai senti tout de suite mon erreur ; il ne fallait pas dire « j'écris une nouvelle » mais je prépare un recueil de nouvelles.)

— C'est un genre difficile mais très à la mode. Tellement, que j'ai en préparation un collectif de

166

nouvelles qui devrait paraître en janvier si tout va bien.

Il y eut un silence. Je pensais : va-t-il m'offrir de participer à ce projet, en tant qu'auteur bien entendu ? Oh ! faire mon entrée dans le monde littéraire en compagnie d'auteurs connus... Quel coup de chance ! On ne pourrait pas ne pas me remarquer. Pour le meilleur ou pour le pire, mais, ainsi cautionnée par ce voisinage, je me sentirais forte, presque invulnérable. Vais-je lui proposer ma collaboration ? Je suis terriblement intimidée. Un auteur doit s'imposer par sa prose et non par sa glose. Je suis sans doute trop fière : quand donc une si belle occasion se représentera-t-elle ? Je pensais à M.M. qui disait : « Vous n'ignorez pas, chère Judith, les tractations souterraines qui se font dans le domaine littéraire, les subtiles démarches, les discrètes trahisons, les chapelles, les clans, les amitiés, les haines... Où sont nos amis, où sont nos ennemis ? On ne sait. Mon dernier livre est bon, vous m'avez même dit qu'il était excellent et qu'en avez-vous fait ? Non, pas *vous* personnellement, je sais, mais la maison de Sanchez ? Rien. On l'a quasiment enterré chaud. Parce que ce n'était pas lui qu'il convenait de pousser cette année-là. Je n'étais pas le cheval sur lequel on pariait. Bien ! Voilà : ce même livre sortira bientôt en anglais aux États-Unis. Parfois je déteste cette province, Judith, son petit côté français de *pushers* littéraires, sa *French connection*, ses *crackhouses boostées* d'héroïnes outremerdantes. Tenez, lisez la liste des best-sellers dans la belle grosse presse et vous me donnerez des nouvelles de nos vaillantes maisons d'édition qui portent bien haut le flambeau de la langue (et même souvent de la foi). Quelle fumisterie ? Colonialisme. Le mot n'est plus guère à la mode et pour cause : on n'est même plus une colonie, seulement une succursale. Au fond, pourtant, je suis plus francophone que le plus entêté des séparatistes. J'aime ma langue et je l'écris aussi bien qu'un natif de Provence. Rappelez-vous, j'ai même déjà reçu un prix pour l'excellence de mon français. Quelle dérision, pourtant. Faire ça à un écrivain, lui donner un prix parce qu'il écrit correctement ! Je me sentais comme une élève qui reçoit sa composition française : forme : dix sur dix ; fond : cinq sur dix. Et pourquoi le fond était-il durement jugé ? On le trouvait trop agressif, trop féministe, trop rageur. Aïe ! Qu'est-ce qu'ils veulent, au juste ? On ne le sait pas, ça dépend des saisons, de la mode. Ils peuvent aussi bien demander des cordes de bois que des igloos, leur goût du matériau colonial varie selon les années. Et nous, on est toujours contents. Nous, bons sauvages, bonnes plumes, bons cœurs.

— Toi qui as des livres à vendre, tu vends quoi ?

— Moi vendre n'importe quoi. Forêts de neige ?

— Non, on a déjà *Maria Chapdelaine.*

— Grand Nord ?

— On a *Agaguk.*

— Petits phoques abattus ?

— Greenpeace et Bardot s'en occupent. Trouve-moi des choses anciennes et nouvelles, à la fois. Typiques. Toi, Indien, savoir...

— Indiens avoir bingos.

— Bingos ? Qu'est-ce que c'est ? Une façon de chasser le caribou ?

— Hi hi hi. De chasser argent...

— Écoute, moi agent français, argent aussi. Tu dois comprendre. Nous vouloir histoire de génocide amérindien. Toi écrire histoire de survie, spoliation de territoires, batailles d'ingérence.

— ????? Mais moi avoir grand territoire de chasse ! Plus saumon, plus allocations. Caribou et skidoo itou.

— Mais votre langue se perd !

— Moi parler français, English et iroquoituk. Moi universel. Citoyen du monde.

— Universel ! à quoi ça nous avance ?

M.M. mimait cette scène avec une drôlerie irrésistible et terminait : « Moi publiée en Amérique maintenant, car terre Québec pas être en Amérique mais en Satellicie française. Capish ? »

M.M. pouvait se permettre de telles sorties parce qu'elle tenait une chronique très lue dans la presse où elle pourfendait tout et tous avec une franchise et une audace redoutables, ce qui lui méritait une estime plus prudente que sentie de la part de ses confrères.

Ce numéro de M.M. me revenait en flash tandis qu'Henri avalait ses bières et que mes martini commençaient à me donner un certain courage, pas assez toutefois pour proposer mon talent d'écrivain en remplacement de ma « compétence éditoriale ». Si M.M. avait été à ma place, elle aurait foncé : « Dites donc, l'ami, des nouvelles, j'en ai des tas. Vous en placez une dans votre recueil et je mentionne la parution dans ma rubrique. » Mais je n'ai pas le cran de M.M., ni sa rubrique. Me sentais humble, fière et déchirée. Ne devrais-je pas plutôt sauter sur cette occasion de retourner « à la vie active et futile » plutôt que de m'esquinter sur des textes impossibles ? Continuer de rendre service aux autres puisque je ne suis d'aucun secours pour moi-même ?

J'en étais là dans mon appréciation de la situation quand Henri, génial, s'est écrié : « Judith, j'ai une idée épatante : vous me donnez votre nouvelle, je la publie dans le recueil et, dès janvier,

170

vous rejoignez l'équipe éditoriale. »

Recevoir un pareil coup de joie au cœur ! N'avoir rien demandé (comme je me félicitais de ma réserve !) et tout recevoir. J'avais envie de pleurer, de l'embrasser. J'avais surtout envie de partir écrire tout de suite. Il continuait de parler, mais j'étais dans un tel état de surexcitation que j'ai presque tout oublié le reste. Il a été question d'un contrat qu'il m'enverrait d'ici quelques jours, mais je l'écoutais à peine.

En se levant pour me dire au revoir, il a renversé son verre de bière. Nous avons ri de cette gaucherie et je me suis sauvée.

2 août

Je crois avoir relaté avec exactitude ma rencontre avec Henri, le grand, le magnifique.

La première partie surtout, car après l'offre de publier ma nouvelle, mes souvenirs deviennent un peu confus. Trop d'émotions, en plus des martini. Peut-être aurais-je bien fait de compter aussi les bières qu'il a bues ? Non, il me semble qu'il était très sobre, mais à cause de mon énervement je ne saurais jurer de rien. Cependant, les mots magiques « contrat dans quelques jours », je les ai clairement entendus, j'en suis sûre. Depuis ce temps, tous les matins, je guette le courrier. Rien encore. Tant mieux car, bizarrement, je pense *aussi* à la possibilité de retourner travailler pour sa maison. Ce poste m'intéresse. Comme c'est troublant ! Je veux écrire, je le veux très fort et, en même temps, l'idée d'un retour à l'édition ne me déplaît pas. Je souffre de tous les côtés à la fois. Déchirement. Comment écrire quand j'ai l'esprit ainsi tiraillé ? Me concentrer sur ma nouvelle d'abord, uniquement sur ma nouvelle.

Plus tard

Ai travaillé trois heures. Je n'arrive pas bien à cerner mon idée mais j'y arriverai.

Je pense : quand cette nouvelle sera terminée, ne sera-t-il pas simple d'en faire une deuxième, puis une troisième, et ainsi de suite, quasi indéfiniment ? En ce cas, comment envisager un *autre* travail ? Ce serait mettre la lampe sous le boisseau. Il faut absolument que je vienne à bout de ce premier texte.

« L'écriture, disait M.M., est un choix de volonté. Un pour cent d'inspiration et quatre-vingt-dixneuf pour cent de sudation. Le véritable écrivain n'écrit pas pour meubler ses loisirs : l'écriture *est* sa vie. Il plonge, il ose, il combat, il s'obstine, il lâche tout en même temps qu'il prend tout pour travailler. Oui, travailler. Suer sang et eau. Et tout le temps. L'écrivain des dimanches, ça n'existe pas. Il a choisi d'écrire, un point c'est tout, et au dixième, au quinzième livre, il doit encore choisir. Sisyphe. Et rien, pas même la plus féroce critique ne l'abat, non plus que la plus louangeuse ne le libère. Il va son chemin. Comme un saint. »

Je dois dire que ce M.M. n'écrivait pas, il enseignait la littérature. Il ne parlait pas, et pour cause, de ceux dont on ne saura jamais qu'ils ont travaillé comme des forçats et qui n'ont abouti à rien. J'avais dit : « L'écrivain travaille toujours mais son travail ne le rend pas toujours écrivain. » Il avait répondu : « Les sophismes sont jeux d'impuissants ; travaillez, disait-il, autrement, vous ne serez rien du tout. »

Je vais quitter ma cuisine-refuge et retourner vers ma croix ; un paquet de feuilles blanches (120, *Note Book College*, 11 in x 8 in, Made in New Jersey) sans doute fabriquées à partir de nos arbres canadiens. Tiens, je pourrais prendre ce sujet pour ma nouvelle : l'exploitation sauvage du bois de pulpe, la pollution de la rivière Saint-Maurice, la fuite des capitaux vers les USA...

Je me souviens tout à coup que M.M. avait écrit une nouvelle sur ce sujet précis. J'aurais pu faire un plagiat, mais bien involontairement : ne sommes-nous pas des êtres sous influence ? Sur quoi n'a-t-on pas écrit ? Peut-être ai-je trop lu. La seule façon d'échapper à ces souterraines réminiscences serait de rester très près de son expérience personnelle. Celle-ci ne peut être qu'unique.

Être soi = être original. Forcément. Je fonce.

Cahier rouge

Personne n'aurait dit de Pauline : c'est une rêveuse. D'abord parce que personne ne pensait jamais à elle, ensuite parce que quelqu'un l'eût-il fait pendant une séance de potinage, par exemple à la librairie où elle avait travaillé si longtemps, ce quelqu'un aurait plutôt évoqué son impatience ou sa raideur ou sa froideur. Plus méchant, il aurait pu trouver pires défauts mais Pauline était si secrète qu'il devenait presque impossible à quiconque d'abîmer sa réputation en profondeur sans risquer de se perdre dans les plus folles conjectures.

Si donc, par hasard, quelqu'un mentionnait son nom, ce n'était qu'en passant, rappel banal d'une réalité encore plus banale. Il pourrait dire : « Tiens, la commande de livres de philosophie n'a pas été remplie, on voit bien que Pauline n'est plus là », ou « La corbeille à papier déborde. Pauline n'est plus là pour la vider ». Non, Pauline n'est plus là pour céder son jour de congé à qui le lui demande ni pour ouvrir le magasin. Ni pour le fermer.

Ah ! ce qu'elle doit leur manquer !

Bien calée dans son fauteuil de cuir, Pauline déguste ces bons souvenirs et jouit de son bien-être de retraitée. Elle se rappelle combien elle détestait la Nouvelle Librairie rénovée depuis peu. Disparus les rayons muraux, les coins réservés aux connaisseurs, les comptoirs sympathiques. Maintenant, des îlots de best-sellers traversent la surface et bloquent les errances. Pas d'autre comptoir que celui de la caisse enregistreuse électronique. Plus de coins sombres non plus, mais un éclairage direct qui débusque les bouquineurs au creux de leurs hésitations et les accule à un choix rapide. Sans parler des nouveaux employés. Tous des jeunes, gentils mais si ignorants ! Lequel d'entre eux n'était pas venu, un jour ou l'autre, lui demander une information ? « Pauline, Baudelaire, c'est dans le stand des poètes ou des romanciers ? » ou « Pauline, les Pères de la Confédération, c'est quelle communauté ? » ou « Pauline, le Refus global, c'est dans l'écologie ? » Pauline sourit. Quel sottisier elle aurait pu colliger ! Elle ne l'a pas fait car l'ignorance des autres la revalorisait : le borgne est roi au royaume des aveugles. Ainsi, entourée de plus ignares qu'elle, de beaucoup plus ignares pense-t-elle, elle pouvait goûter l'exquise sensation d'être quelqu'un. Ce n'est pas peu quand on est rien.

Cahier bleu

3 août

J'ai bloqué net sur la phrase : « ce n'est pas peu quand on est rien. »

Le sentiment d'infériorité de Pauline refait surface même quand elle médit de ses collègues. Il faudrait revenir à « l'exquise sensation d'être quelqu'un » et insister sur le fait qu'elle sait profiter de sa retraite avec intelligence, qu'elle peut enfin se sentir exister, etc. Et surtout, ne pas en faire un écrivain, ce qui risque de détruire à jamais ses chances de bonheur. Elle doit être comme j'étais, il y a une quinzaine de jours, rue Sherbrooke, détendue, heureuse, libre.

Évidemment, il faudrait qu'il lui arrive quand même quelque chose, sans quoi, pas de nouvelle possible.

Et si je faisais revenir Charles ? Un Charles adouci, toujours amoureux d'elle, décidé à la reconquérir et qui dirait quelque chose comme « enfin, toi ! » en tombant dans ses bras ? Ou bien faire revenir un Charles usé, chauve, gras, plein de repentir et de rhumatismes qui lui demanderait pardon et asile... Mais j'ai peur de m'aventurer sur ce terrain-là : *et si ça arrivait* ?

Les écrits prémonitoires sont très fréquents.

M.M. disait qu'il n'avait jamais consenti à ce qu'aucun de ses personnages ne s'enlèvent la vie de crainte qu'il ne se suicide aussi. Il affirmait avoir souvent écrit des événements qui sont vraiment survenus *après*, et tels qu'il les avait décrits. Cette prescience l'effrayait tant qu'il voulait inventer un personnage d'écrivain beau, sain, riche, célèbre et heureux. « Mais avec quels maudits matériaux ? se désolait-il. Certes pas mes intuitions... ce qui monte naturellement de mon inconscient est loin de préfigurer un tel joli destin. Ce serait terrible, n'est-ce pas, de mourir deux fois de ma propre main : primo, de celle qui tient le stylo et, secundo, de celle qui tient le revolver du scénario. C'est pas rigolo. » Il riait pour conjurer le mauvais sort. « On verra bien si mes personnages sont assez forts pour me tuer. Je les tiens à l'œil, comme dirait Columbo. »

Et si moi, je m'abandonnais à mes intuitions, lequel des deux Charles apparaîtrait ? Si je me laissais envoûter, posséder, si je me donnais, si je me livrais, si je m'ouvrais les entrailles, que diraient les aruspices ? Mais je ne peux plus m'abandonner. Est-ce par froideur ou par peur ? Ou par prudence tout simplement ? Le fait est que je redoute également les deux fins possibles, la belle, avec le retour d'un Charles amoureux, et la laide, avec le retour d'un Charles piteux.

Soudain je pense : comment en suis-je venue à seulement *imaginer* le retour de cet homme, en bonne ou mauvaise forme, peu importe, comment ai-je seulement pu avoir cette idée ?

Si c'est là le genre de prémonition qui s'impose à M.M., je devrai aussi me méfier de ces mots qui provoquent le destin. Mon Dieu, s'il fallait que je le revoie ! Au moment où j'ai tant à faire. Oh ! Pauline, que tu me donnes du mal ! Je commence à te détester. Si tu ramènes Charles, je te tue. Compris ? Finies tes petites promenades sur le Plateau ; je te jette dans la rue devant un camion.

Plus tard

C'est avec une extrême prudence que je suis allée faire mes courses, ce matin. Ai regardé à droite et à gauche en traversant la rue ; mes menaces de mort à Pauline... des intuitions prémonitoires ? Je suis vite rentrée. Café. Et tout de suite à ma tablette. Il faut que j'écrive ce texte !

Cahier rouge

L'après-midi, à cinq heures, Pauline donnerait n'importe quoi, y compris la vie, pour croire en Dieu. C'est cette heure-là en effet que l'ennui, dont

178

elle a repoussé toute la journée les insidieuses approches, que l'ennui choisit pour attaquer de front, toutes dents et griffes dehors. Pauline est alors terrassée, happée, dévorée, mais cela à l'intérieur d'elle-même, de sorte que personne, en supposant que quelqu'un puisse être présent, ne peut l'entendre. L'ennui, à cette minute, lui tend un verre de porto, puis un deuxième. Elle bâille alors non plus d'ennui mais de faim, ce qui est un signe, comme on sait, de bonne santé. Et Pauline est si heureuse de sentir en elle quelque chose d'aussi vivant que la faim qu'elle retarde l'heure de son dîner pour faire durer le plaisir. D'ailleurs, à cette heure, les nouvelles passent à la télévision et c'est là son divertissement favori, l'éclatante confirmation de son bien-être, celui qu'elle dit éprouver. En effet, chaque soir, portée par le vin et par la faim, Pauline peut, de façon sûre, goûter le bonheur de son état en écoutant le bulletin de la circulation routière. L'heure de pointe avec ses embouteillages et ses carambolages la comblent, surtout l'hiver quand le verglas s'en mêle. Elle se cale alors au plus profond du fauteuil et tout en plaignant les travailleurs, elle se réjouit de ne plus en être. Ce qu'elle a pu geler en attendant l'autobus bondé de cinq heures dix ! L'entassement des passagers, les odeurs de laine mouillée, les éternuements en pleine figure, les coups de sacs dans le dos,

179

l'engourdissement, la fatigue, oh ! misère humaine. Blottie au chaud, elle songe à se verser un autre porto. Celui-là pour le bonheur puisque l'ennui s'est retiré. Cependant, elle doit rester vigilante car l'alcool ramène parfois l'ennui sec de cinq heures et le transforme en torrent. En effet, ce porto funeste, toujours le troisième, déclenche souvent une tristesse vaseuse, larmoyante, se déversant en gros sanglots aussi bêtes qu'irrépressibles. Comment prévoir l'effet de ce troisième verre, aujourd'hui ? Apportera-t-il délivrance ou désespérance ? La dernière fois, elle a hurlé, oui, tout à fait, une longue et déchirante plainte de bête blessée, et elle en fut si troublée qu'elle s'est arrêtée net, interdite par le cri de sa propre douleur. Maintenant elle se méfie du porto imprévisible.

Cahier bleu

4 août

Insomnie. Après le texte insignifiant que j'ai écrit hier, je n'ai plus le cœur à rien. Comment continuer ces pleurnicheries ? J'avais tout le plan de ma nouvelle en tête : Pauline s'ennuie et paraît ne pas savoir de quoi, jusqu'à ce qu'un incident (un coup d'œil sur le calendrier ou un coup de téléphone, je ne sais) lui rappelle une date précise, la date fatidique du départ de Charles. À partir de là, elle raconterait leur séparation. Le récit se terminerait par un coup de téléphone (il faudrait dans ce cas supprimer l'emploi de cet appareil au début) : ce serait Charles qui lui aussi se souviendrait, etc. Mais je me sens incapable d'écrire cela : la femme en larmes, ce n'est pas moi et, de plus, je ne bois jamais de porto. Je déteste son effondrement, sa mélancolie, sa passivité. Pourquoi ne lit-elle pas au lieu de regarder bêtement la télévision ? C'est une histoire moche, moche. Pas inutile cependant, puisqu'elle me donne une autre idée : pourquoi ne pas commencer la nouvelle par le coup de téléphone de Charles ? Ce serait plus vif, plus excitant. J'y pense.

Plus tard

J'y ai pensé toute la journée, me demandant quelle serait la réaction de Pauline à la suite de cet appel. Serait-elle heureuse ? Je n'en suis pas si sûre.

J'ai clairement perçu que, bien au contraire, Pauline serait extrêmement agacée. Cette réaction inattendue s'est imposée d'elle-même, sans que j'y sois pour quelque chose. Est-ce le genre de pensée prémonitoire dont parlait M.M. ? Charles, brusquement, m'est apparu ; je l'ai vu tel quel, sans artifice romanesque. Bizarre. J'étais assise sur mon banc, complètement découragée, regrettant d'être là plutôt qu'à ma table de travail, quand tout à coup... J'ai vite sorti mon petit cahier pour noter au vol ces fulgurances.

Flashes

Charles, mon péché capital.

Charles et les sept péchés capitaux (un titre peut-être ?).

Charles orgueilleux : son port de tête, ses gestes larges et lents. Ses photos. Sa conversation : « *Moi* je pense, *moi* je dis, *moi* j'estime. »

Charles l'avaricieux : jamais un cadeau, une fleur, une bouteille, un interurbain, un repas à l'extérieur ; jamais. Emportait les restes de fromage au monastère, utilisait le papier à lettres du bureau, m'empruntait les timbres et d'innombrables « petis deux » pour l'autobus.

Charles l'impur : n'en parlons pas (ce pourrait être aussi sa seule qualité).

Charles l'envieux : oh ! les vilains confrères nommés chanoines et sans qualités, les nominations universitaires scrutées à la loupe, les protocoles, les passe-droits, la sotte commission Bertin à laquelle on ne l'avait pas invité.

Charles le gourmand : reprendre le menu de nos dimanches. Ajouter les chocolats, les pista-

182

ches, les cerise de France, les babas au rhum, etc.

Charles le colérique : son ire surtout canalisée dans ses sermons pour pourfendre les péchés du monde. Cette colère-là était plutôt belle. Une sainte colère. Il fallait voir les autres, les petites, les mesquines : « Judith, cessez de m'énerver avec vos problèmes de bureau ! » « Quoi, vous avez encore vos règles ? » Et son poing abattu sur la table de cuisine : « Assez ! vous parlez comme une commère. »

Charles le paresseux : trop jolie, l'image du grand albatros qui traînait ses ailes. Il était maladroit, lourd, lent, dédaigneux, hautain ; aussi avait-il choisi d'être servi, par dignité...

Voilà l'homme. Et je n'ai passé en revue que les péchés capitaux. C'est cette catastrophe que Pauline souhaiterait revoir ? Elle n'est quand même pas tout à fait folle !

Le respect de la vérité oblige que Charles revienne en pleutre. Et pas du tout serait mieux. (Mais ce serait mauvais pour ma nouvelle.) Dieu, que je suis lasse ! Écœurée même. Mal de tête, palpitations. Je vais retourner sur mon banc. Je ne supporte plus de seulement voir ma table de travail.

C'est en m'apprêtant à sortir que j'ai *vu* l'enveloppe. Même enfouie sous la masse de mon courrier habituel : circulaires de Jean Coutu, de

Provigo, de la pizzeria Saint-Joseph, de l'aide aux lépreux, aux amputés de guerre ; toute cette publicité quotidiennement jetée dans mon portique comme dans une poubelle. C'est dans ce tas de cochonneries que j'ai aussitôt décelé l'enveloppe immaculée. L'ai cueillie en tremblant. Mon cœur cognait comme si je recevais une lettre d'amour, mais n'en était-ce pas une ? Et mes tempes battaient à tout rompre. Moment indicible. Je suis retournée m'asseoir devant ma table où j'ai déposé l'enveloppe sans l'ouvrir. Ce n'est pas le temps de faire une syncope : mourir de joie, c'est possible. Je contemplais, je rêvais. Un avenir magnifique, scellé là, allait s'ouvrir. Puis j'ai commencé à avoir de si fortes palpitations que j'ai cru nécessaire de me lever et d'aller faire ma promenade. J'aimais mon courage, ma force de caractère. J'aimais ma joie, j'aimais tout, mais c'était trop violent. J'ai presque couru au parc. Respirer. Oh ! respirer... Assise devant les arbres, je me laissais bienheureusement envahir par les plus agréables pensées du monde. J'imaginais la sortie du recueil, *ma* nouvelle que tout le monde lirait. Aurais-je la force de traverser cette splendide épreuve ? Ensuite, j'ai pensé aux critiques ; si elles étaient mauvaises, elles m'empêcheraient de reprendre mon travail dans l'édition. Mais je voyais surtout des critiques élogieuses. Et alors, avec quel plaisir je retrouve-

rais mes chers confrères. Mes chers collègues !
Ceux-là surtout qui m'ont toujours regardée de
haut. M.M., ce con supérieur et arrogant qui me
lançait presque ses épreuves à la figure en disant:
« Occupez-vous de ça, Judith ; moi, ces broutilles
m'ennuient. » Cet autre qui scrutait chacune de
mes corrections comme si elles étaient des atteintes à son style ! Cet autre qui m'appelait dix fois par
jour parce je retardais, croyait-il, la parution de son
chef-d'œuvre ; et cette petite frappée qui jugeait
opportun de m'expliquer son texte. « Non, cette
phrase n'est pas obscure, c'est vous qui comprenez mal. » Elle écrivait comme un pied qui se serait
accroché dans tous les participes passés et tous les
subjonctifs. Allez donc voir des professeurs plutôt
que des éditeurs, avais-je envie de lui dire. Ce que
je n'ai jamais fait bien entendu. Oui, tous ces M.M.
emmerdants que je pourrai rencontrer sur un pied
d'égalité, sinon de fraternité.

Que je « pourrai » rencontrer, ai-je pensé, alors
qu'un conditionnel eût mieux convenu...

Quel brutal retour à la réalité ! Ma nouvelle
n'est pas encore écrite et je suis là sur mon banc à
rêver de triomphes encore plus fictifs que ma
fiction. Encore une descente aux enfers. Je suis
rentrée, j'ai pris trois portos, pleuré des torrents et
me suis endormie, non, je suis tombée, matraquée.

En me réveillant ce matin, j'ai regardé l'enveloppe scellée. Après deux cafés, trois cigarettes, je n'ai pas encore le courage d'affronter ma première joie d'écrivain. Ma première vraie épreuve, devrais-je mieux dire. Le problème : si j'ouvre, je ne pourrai m'empêcher de signer, et une fois sous contrat, je serai forcée de « donner la marchandise ». Oh ! quelle abominable façon de désigner un si noble ouvrage ! C'est M.M. qui l'utilisait : « Je n'écris que pour donner la marchandise qu'on me paye et je n'ai pas honte. D'autres marchands vendent des carottes ou des meubles ou des tableaux, moi je vends de la littérature. Et mes textes ne sont pas plus pourris que leurs carottes, pas plus tordus que leurs chaises, pas plus affreux que leurs tableaux. Je suis payé tant à la ligne, comme Dostoïevski : au moins j'ai quelque chose en commun avec lui... Réconfortant, non ? »

J'aurais dû lui demander s'il arrivait toujours « à rendre la marchandise » car c'est cela qui me terrifie : signer ce contrat, c'est me jeter à l'eau sans trop savoir nager.

Est-ce manque de courage ou simple prudence ?

Décision : je n'ouvre pas l'enveloppe tant que je n'aurai pas travaillé toute la journée, toute la nuit. La nuit pourrait mieux m'inspirer. M.M. n'écrit-il pas qu'entre minuit et cinq heures du matin ? « Le silence, disait-il, le merveilleux silence ! Et cette vigilance de l'esprit quand toute la ville sommeille. On est comme une conscience supérieure qui survolerait les instincts primaires de l'homme. Une seule ligne écrite la nuit est comme un rai de lumière traversant l'opacité de la chair. Les mots sont portés par le silence. Ils volent, valsent, vibrent comme des étoiles... Tenez, mon poème : "La nuit étend sur la ville son manteau sombre pailleté de satellites", eh bien, c'est évident qu'il reflète la solennité du silence sidéral qu'un être humain écoute... » À vrai dire, j'ai toujours trouvé M.M. pas mal éclaté (même si son *Vibrato nocturne* a obtenu un beau succès : presque cent exemplaires vendus), mais ce n'est pas le moment de faire sa critique. Je vais plutôt essayer sa méthode.

Ce soir, je veille et j'écris.

Cahier rouge

Certaines personnes dorment la nuit. Moi, jamais. Je ne souffre pas d'insomnie puisque je me sens parfaitement normale en ne dormant que le jour. Je suis une nocturne, c'est tout. Comme les hiboux. Sur cette terre, il y a place pour toutes les variétés de bêtes : on l'oublie trop souvent et les diurnes, parce qu'ils sont plus nombreux, sont portés à jeter l'anathème sur ces communautés qui n'officient que la nuit à la lumière des cierges, des *spotlights* ou de la lune.

Mon Dieu, où vais-je ? En réalité, je ne dors que la nuit et je ne sais rien de ceux qui passent leur journée au lit. Il est minuit. Je ne trouve rien devant moi que la nuit, justement. Je suis trop tendue. Je devrais me laisser aller. Écrire tout ce qui me passe par la tête. De l'écriture automatique...

Aussitôt réveillée, j'ai pensé à la lettre. Émergeant à peine d'un sommeil agité, j'ai buté sur cette enveloppe comme sur un iceberg; un iceberg, oui, je ne peux mieux définir à la fois la fine et blanche chose et la masse noire et profonde qu'elle traîne sous elle. Une enveloppe sournoise et éminemment dangereuse qui bloque littéralement ma route matinale, celle que je souhaite prendre en douceur car c'est de ce départ que dépend le bonheur de ma navigation quotidienne.

Me voilà embarquée, c'est le cas de le dire, dans une voie maritime qui ne saurait me mener à bon port. Car je n'aime pas la mer. Enfin, je l'aime mais vue du rivage : je suis une terrienne, une terre-à-terre même. Et que l'enveloppe évoque un iceberg démontre clairement qu'elle n'appartient pas à mon monde. Qu'elle peut me tuer. N'y touche pas, Pauline, fais un détour, évite-la à tout prix...

*Non, ne pas prendre ce délicat sujet de nou-
velle. Ce serait me jeter dans la gueule du loup.*

*Une heure du matin. Violentes palpitations.
J'ai fumé dix cigarettes depuis onze heures. Je vais
me faire un café.*

*Ce noir, ce silence m'oppressent plus qu'ils ne
m'inspirent. Comme lorsque j'étais enfant.*

Les parents de Pauline partaient durant les fins
de semaine et la fillette de douze ans restait seule
dans la maison jusqu'au dimanche, car il ne fallait
surtout pas qu'elle manque son cours de piano du
samedi matin. En effet, à l'époque, une jeune fille
bien devait connaître au moins les rudiments de la
musique, qui faisaient partie de son éducation fé-
minine au même titre que les cours d'économie
domestique, de broderie et de diction. Pauline
aurait préféré aller au lac, pêcher et courir dans les
bois, mais ces loisirs tant aimés lui avaient été
retirés au seuil de la puberté en même temps que
lui étaient offertes des compensations délicates,
plus conformes à son sexe, dont ce cours de piano
obligatoire et détesté non pas tant pour lui-même
que pour les deux nuits qu'il l'obligeait à passer
seule à la ville. Deux nuits qui la terrorisaient. Dès
que les ombres envahissaient la maison, elle
commençait à trembler. Pourquoi n'ai-je pas allu-
mé toutes les lumières avant que l'obscurité ne

vienne ? se disait-elle tout en sachant que son père lui avait interdit ce geste à la fois peu économique et peu courageux. Y avait-il un lien entre le monde de l'argent et celui de la valeur morale ? Elle en doutait au fond de son cœur mais elle n'aurait jamais osé enfreindre l'interdit économique sans en même temps se sentir fautive du côté moral. Elle ne voulait pas être poltronne. « L'électricité coûte cher et toi tu vaux pas cher », lui aurait dit son père. Le raisonnement paternel ainsi posé avait force de loi. C'est cela, craindre l'autorité : une bien vertueuse habitude. Mais, outre la crainte pieuse, qui lui avait parlé de la peur qui l'étreignait aussitôt la nuit tombée ? Personne. N'était-ce qu'imagination ?

Pauline s'asseyait bravement devant son petit pupitre et commençait à rédiger ses devoirs scolaires. La lumière de la lampe l'encerclait dans une sorte de bulle jaune alors que tout le noir de l'appartement se tassait autour d'elle. Alors, elle tournait prudemment la tête et guettait si un tueur n'allait pas surgir des ténèbres et l'étrangler. Elle courait allumer le plafonnier : personne. Rien que son cœur qui cognait. Elle décidait de remettre sa rédaction au lendemain et s'installait dans le grand fauteuil pour apprendre sa leçon d'histoire du Canada. Mais derrière le fauteuil, une grande fenêtre donnait sur le balcon. Elle n'osait se retourner, mais il lui semblait que le rideau bougeait derrière sa tête. Quelqu'un était certainement là, tapi dans le noir. Elle se levait, effrayée ; ne voyait rien. L'homme, caché, attendait qu'elle s'assoie pour briser la vitre et sa tête avec une hache. Crier, elle ne pouvait pas tant sa gorge était nouée. Ses jambes tremblaient.

Je viens de me lever pour vérifier si le verrou de ma porte est bien tiré. Pourquoi reprendre ces peurs anciennes depuis si longtemps vaincues ? Ce souvenir d'enfance a fait surgir une autre scène que je ne souhaite pas revoir non plus, celle de la mort de mon père. Horrible. Tenir éloignée à tout prix. Jamais je ne pourrai écrire, jamais. Trop douloureux ; insupportable. Revivre ces scènes, c'est mourir. Je n'ai pas ce courage. J'allume toutes les lampes et que les spectres se retirent !

Deux heures. Non, je ne suis pas une poltronne et je vais affronter ce noir, celui de ma tête, de mon vide.

Chaque fois que j'essayais de défendre quelque point de vue qui me paraissait sensé, mon père coupait : « Tu n'es qu'une imbécile, tais-toi. »

Charles y mettait plus de manière mais il me signifiait la même chose. Sans doute avaient-ils raison tous les deux... Je ne me suis jamais sentie aussi malheureuse. Je n'ai même plus envie d'écrire.

Devant un cognac, le deuxième. Mais mon cœur semble se décrocher et je dois me requinquer.

Pense à Peter. Disparu sans me dire bonjour, et pour cause : on l'avait emmené. J'aurais dû l'aider, le sauver peut-être. Il était si gentil. J'aurais pu facilement m'attacher à lui. Mais quand les flics sont venus m'interroger, j'ai prétendu ne pas le connaître. Poltronne ? Prudente et maladroite et craintive. Tout s'échappe de mes mains. Glisse, se perd. Inaptitude au bonheur.

Me sauver par l'écriture ? J'en suis incapable. Et puis, sauver quoi au juste ?

J'ai mal comme un chien.

J'ai toujours rêvé d'avoir un chien. Des livres. Un feu de cheminées. Ma modeste image du bonheur. Un amour aussi, peut-être ? Mais un amour simple. Ce qui est une contradiction dans les termes.

Charles, c'était l'autorité de mon père, apprivoisée. Ça m'avance à quoi de l'écrire cette nuit ? Je l'ai toujours su. Son départ a blessé plus ma vanité que mon amour. J'ai voulu en faire une tragédie. J'aurais mieux fait dans le burlesque. Tout n'est-il pas atrocement drôle ? Trois heures. Que vais-je devenir ? Je n'ai envie que de dormir et de me réveiller « autre », comme ils disent.

Tiens, je pourrais écrire la nouvelle d'une ressuscitée... ressucitée ? Je n'arrive même pas à écrire le mot correctement, comment pourrais-je décrire la chose ?

Et je revivrais pourquoi ? Ce monde n'est pas mon royaume, il ne l'a jamais été. Je n'ai fait qu'y passer. Pourquoi vouloir y laisser des traces ? « Vos pieds sur le sable sont comme l'empreinte des pas de l'été », écrivait Tagore. Joli. Mais la mer les effacera. Alors ?

Je n'en peux plus. Ces efforts sont absurdes, dérisoires. Infiniment tristes.

Ne signer aucun contrat. Aucune promesse. Aucun espoir. Je vais retourner l'enveloppe sans l'ouvrir en y inscrivant : « Mauvaise adresse », et la jeter dans la boîte à lettres, la boîte de Pandore. En vérité, c'est « mauvaise personne » que je devrais inscrire sur l'enveloppe.

La nuit est maléfique. Mes côtés serrent mon cœur comme un étau. Que je suis mal ! Peur de mourir. Peur du noir. Peur de l'enveloppe.

Non, je vais ouvrir l'enveloppe, me donner cette joie. Je ne veux pas crever sur une défaite.

« Chère Judith,

Dans tout ce qui m'arrive depuis quelques jours, je peux dire que je n'ai eu qu'un seul plaisir, celui de vous revoir. Tout le reste est misérable. Je ne vous raconterai pas mes malheurs mais, puisqu'ils peuvent vous toucher, de loin, de trop loin, hélas, je me permets de vous mettre au courant des derniers *événements concernant ma maison d'édition qui n'existe plus.*

Vous connaissez trop bien le milieu pour que je vous explique en détail les phases de cette faillite... C'est un coup dur dont vous ne sauriez imaginer combien il m'abat... »

Cahier jaune, 20 octobre 1990

« Nous sommes heureux d'annoncer que Mme Judith Turcot, qui a été rédactrice littéraire pendant vingt ans aux Éditions du Midi, travaillera pour l'Association des écrivains du Québec en tant que consultante littéraire. Son entrée en fonction est prévu pour le 2 novembre. Nous lui souhaitons un prompt rétablissement et la plus cordiale bienvenue. »

Cette annonce parue dans le bulletin de l'AEQ et que je colle en tête de ce cahier jaune inspirera toutes les notes que je prendrai ici. Plus que des notes : une vraie compilation des faits et gestes des écrivains que je rencontrerai. Une sorte de regard objectif sur la vie littéraire. Un regard *littéraire*, il va sans dire. Je vais faire œuvre d'historienne, de mémorialiste, ce sera ma petite histoire des grands écrivains prise sur le vif, au jour le jour. Et comme je ne travaillerai qu'à mi-temps, j'aurai tout le loisir nécessaire pour mener à bien mon projet. Mon œuvre.

Du même auteur

Dis-moi que je vis, CLF, 1967.

Le Portique, CLF, 1967.

Le Fou de la reine, Éditions du Jour, 1969.

La Mort de l'araignée, Éditions du Jour, 1972.

Veuillez agréer..., La Presse, 1975.

La Vie arrachée, Éditions La Presse, 1984.

Notes de Parcours, Éditions La Presse, 1986.

Béatrice vue d'en bas, Éditions du Boréal, 1988.

Monique Larouche-Thibault, *Amorosa*
Monique Larouche-Thibault, *Quelle douleur !*
Marco Polo, *Le Nouveau Livre des Merveilles*
Gilles Marcotte, *La Vie réelle*
Guy Ménard, *Jamädhlavie*
Pierre Nepveu, *L'Hiver de Mira Christophe*
Michael Ondaatje, *Le Blues de Buddy Bolden*
Fernand Ouellette, *Lucie ou un midi en novembre*
Nathalie etrowski, *Il restera toujours le Nebraska*
Jean-Marie Poupart, *Beaux Draps*
Jean-Marie Poupart, *La Semaine du contrat*
Yvon Rivard, *Les Silences du corbeau*
Heather Robertson, *L'homme qui se croyait aimé*
Gabrielle Roy, *De quoi t'ennuies-tu Éveline ?*
suivi de *Ély ! Ély ! Ély !*
Gabrielle Roy, *La Détresse et l'Enchantement*
Gabrielle Roy, *Ma chère petite sœur*
Joseph Rudel-Tessier, *Roquelune*
Jacques Savoie, *Les Portes tournantes*
Jacques Savoie, *Le Récif du Prince*
Jacques Savoie, *Une histoire de cœur*
Éric Simon, *L'Amoureux cosmique*
Marie José Thériault, *Les Demoiselles de Numidie*
Marie José Thériault, *L'Envoleur de chevaux*
Dalton Trumbo, *Johnny s'en va-t-en guerre*
Pierre Turgeon, *Le Bateau d'Hitler*
Serge Viau, *Baie des anges*

Composition et mise en pages
par ITALIQUE
à Montréal

Achevé d'imprimer sur les presses de
l'imprimerie Marquis
en octobre 1990